地獄王 지옥왕 5

요도 김남재 신무협 장편소설

ORIENTAL FANTASYSTORY & ADVENTURE

dream books
드림북스

지옥왕(地獄王) 5

초판 1쇄 인쇄 / 2012년 10월 11일
초판 1쇄 발행 / 2012년 10월 17일

지은이 / 김남재

발행인 / 오영배
편집팀장 / 권용범
책임편집 / 편집부
펴낸 곳 / (주)삼양출판사 · 드림북스

주소 / 서울특별시 강북구 송천동 322-10호
대표 전화 / 02-980-2112 팩스 / 02-983-0660
편집부 전화 / 02-980-2116 팩스 / 02-983-8201
블로그 / blog.naver.com/dreambookss

등록번호 / 제9-00046호
등록일자 / 1999년 3월 11일

ⓒ 김남재, 2012

값 8,000원

(주)삼양출판사 · 드림북스의 서면 허락 없이는 어떠한
형태나 수단으로도 이 책의 내용을 이용하지 못합니다.

ISBN 978-89-542-4838-9 (04810) / 978-89-542-4833-4 (세트)

* 지은이와 협의하에 인지는 생략합니다.
* 잘못된 책은 구입한 곳에서 바꾸어 드립니다.

요도 김남재 신무협 장편소설

ORIENTAL FANTASYSTORY & ADVENTURE

5

지옥왕

地獄王

dream books
드림북스

地獄王 지옥왕

第一章 부활 · 007
– 생각지도 못한 수확이군

第二章 다음 행선지 · 047
– 슬슬 돌아갈 때가 된 건가

第三章 감찰사 · 075
– 변한 게 없구나

第四章 마교 · 103
– 돌아왔다

第五章 오랜 악연 · 133
– 처음 뵙겠습니다

第六章 천마옥(天魔獄) · 161
– 네놈 꼴이 우습구나

第七章 호혈(虎穴) · 189
– 직접 들어가야지

第八章 포달랍궁(布達拉宮) · 217
– 서역에서 왔습니다

第九章 흑백쌍노(黑白雙老) · 245
– 그들이 왔다고?

第十章 지혈석(地血石) · 273
– 이건 뭐하는 물건이야

第一章
부활

생각지도 못한 수확이군

 적월이 내뱉은 한마디에 일순 모두가 침묵했다.
 천하가 자신의 이름만을 기억할 거라니, 무명소졸인 사내가 내뱉기에는 너무 오만하지 않은가.
 당연히 이곳에 있는 그 누구도 적월의 말을 진지하게 받아들이지 않았다. 오직 한 명, 설화만 제외하고는.
 광마장군이 비웃음을 터트렸다.
 "미친놈. 처음부터 미쳤다 생각했는데 완전히 제정신이 아니구나."
 "그리 생각하시든지."
 적월은 광마장군의 말을 대수롭지 않게 받았다.

어차피 자신의 말에 이 같은 비웃음을 예상하고 있던 바다. 하지만 과연 싸움이 끝나고도 이 자리에서 자신을 비웃고 있는 자가 있을지는…… 두고 보면 알 일이다.

 더는 말을 섞을 생각도 없었기에 적월은 요란도를 들어 올렸다. 그리고 요란도를 본 광마장군의 눈동자가 슬쩍 변했다.

 도신에서 흘러나오는 보랏빛 광채가 광마장군의 마음을 뒤흔든다.

 '좋은 무기군.'

 광마장군은 도객(刀客)이다.

 황궁의 무인답게 십팔반병기 모두에 어느 정도 조예가 있으나 개중 그의 주 무기는 바로 도다. 그런 자이니 적월의 요란도 같은 물건이라면 탐욕이 이는 것은 당연했다.

 광마장군이 맘에 든다는 듯 씨익 웃었다.

 "그 도 마음에 드는군."

 "보는 눈은 있네."

 "좋아, 오늘은 참 운이 좋구나. 마음에 드는 계집에 무기에…… 큭큭."

 "그중에 네가 가져갈 게 있으려나."

 "물론이지. 난 원하는 것은 모두 가질 수 있는 힘이 있으니까."

광마장군이 자신 있게 대답했다.

그리고 그런 광마장군을 향해 적월 또한 여유 있게 대답했다.

"그럼 어디 한번 와서 빼앗아 봐."

그 말을 마지막으로 둘은 거리를 벌린 채로 슬쩍 발을 움직이기 시작했다.

그런 둘의 모습을 보고만 있던 표국주 조자평이 옆에 서 있는 설화를 향해 다급히 중얼거렸다.

"아가씨, 어서 저분을 말려야 합니다. 일대일 싸움은 무모합니다."

방금 전 한꺼번에 수십 개의 창을 날려 대던 개조된 일와봉전의 공격을 받아 내는 모습은 보았다. 분명 어마어마한 실력자다. 그러했기에 조자평은 더 말리고 있었다.

강한 자다.

하지만 그 강함이 결코 광마장군에게 비할 거라는 생각은 들지 않는다.

광마장군은 주천영의 수족 중 가장 강한 무력을 자랑하는 자. 실질적인 황궁 최고의 무인이다.

그런 그를 겨우 약관의 사내가 상대한다는 건 어불성설이다.

차라리 이쪽에 합류하여 합공으로 빠르게 광마장군을 처

단하는 것이 오히려 현실적이고, 승산이 있다는 생각이다.

물론 그렇게 한다 해도 그 승산은 얼마 되지 않을 거라 생각하지만.

그런 걱정을 내비치는 조자평을 보며 설화가 고개를 저었다.

놀란 조자평이 다시금 말을 내뱉었다.

"저분을 믿는 아가씨의 마음은 알겠지만 상대가 누굽니까? 바로 그 일기당천 광마……."

"걱정하지 마세요."

설화의 목소리에는 자신감이 서려 있었다.

딱 부러지게 말을 자르는 설화의 행동에 조자평이 말을 잇지 못하고 바라볼 때였다. 그런 그를 똑바로 응시하며 설화가 말했다.

"홀로 천 명을 상대하는 자가 아니라 만 명을 상대할 수 있는 자라 해도 저 사람은 못 이겨요."

"네?"

"그냥 보고만 있어요."

설화의 목소리에는 한 치의 흔들림이나 망설임이 담겨 있지 않았다.

정말로 마음 깊은 곳에서부터 그런 믿음을 가지고 있기에 내뱉을 수 있는 말이다.

당연하다.

설화는 적월의 진짜 모습을 아는 몇 안 되는 사람 중 하나니까.

지옥의 요괴들을 부려 대는 자가 겨우 보통 인간에게 질 거라는 생각은 결단코 들지 않았다.

당시 본 수천의 요괴 군단이 아직도 머리에 생생하게 남아 있거늘 어찌 적월이 질 거라는 생각을 할 수 있단 말인가.

설화는 흔들림 없는 눈동자로 광마장군과 마주하고 있는 적월을 바라봤다.

'고마워요.'

결코 이곳으로 함께해 줄 사람이라 생각하지 않았다. 함께할 수 있게 된 것도 간신히 허락해 준 사람이 아니던가.

그런 그가 지금 화룡검문과 자신을 위해 이곳까지 와 준 것이다.

아니라고 말하고 있지만…… 알고 있다.

만약 적월이 이곳에 함께하지 않았다면? 절묘하게 들이닥친 황궁의 무인들에 의해 자신들은 무너졌을 것이다.

실제로 지금 이곳에서 광마장군 정도 되는 자를 상대할 수 있는 자가 누가 있겠는가.

화룡검문은 무너졌을 것이고 설화 자신 또한 무사하지는 못했으리라.

모두의 시선을 받으며 광마장군과 마주한 적월은 슬쩍 웃음을 흘렸다. 상대의 몸에서 느껴지는 패도적인 기운이 연신 전신을 강타한다.

　'재미있어.'

　광마장군은 자신의 기운을 감출 줄 몰랐다.

　오히려 몸 안에 있는 기운을 풀풀 풍겨 대며 자신의 강함을 자랑하고 있다. 그리고 실제로 그 기운을 마주하는 것만으로도 웬만한 무인들은 오금이 저릴 것이다.

　광마장군의 손에는 어느새 커다란 거도 한 자루가 들려 있었다. 그리고 널찍널찍한 발걸음…… 보폭이나 병기를 보아하니 손 한 번 나누지 않았거늘 어떠한 무공을 쓸지 어느 정도 파악이 된다.

　적월이 상대에 대한 관찰이 끝날 무렵, 광마장군의 두터운 다리가 땅을 박찼다.

　파악!

　강인한 도약에 발 주변에 흙먼지가 일었다.

　그리고 거구에 어울리지 않는 번개와도 같은 속도로 광마장군이 적월의 지척에 다다랐다.

　번쩍.

　꾸밈이 없었다.

　도는 단순하게 목을 날려 버릴 듯이 횡으로 날아들었다.

너무나 단순해 보였지만 그것은 모르고나 하는 소리다.

빠른 속도, 거기에 힘까지 더해졌다.

많은 이들이 이 공격을 받아 냈지만, 그 힘을 견뎌 내지 못하고 자신의 무기와 함께 반으로 쪼개진 자들이 부지기수다.

그리고 광마장군은 적월 또한 그런 신세가 될 것이라 생각하고 있었다. 호리호리한 적월의 몸은 흡사 자신의 도에서 터져 나오는 바람만으로도 날려 버릴 것만 같았다.

하지만 그것은 광마장군의 오산이었다.

적월은 날아드는 도를 막기보다는 자신 또한 내력을 담아 정면으로 격돌했다.

콰아앙!

너무나 커다란 쇳소리에 명을 기다리던 황궁의 무인들도, 둘의 싸움만 바라보던 화룡검문의 무인들도 눈을 찌푸리고야 말았다.

소름이 오싹 돋을 정도의 소리가 주변으로 윙윙거리며 퍼져 나갔다.

설화의 자신감 있는 말을 반신반의하며 싸움을 보고 있던 조자평이 자신도 모르게 중얼거렸다.

"마, 막았어."

자신이었다면 피했을 게다.

다른 이도 아닌 힘으로 광마장군과 정면격돌을 한다면 그건 미친 것이다. 덩치만 봐도 누가 유리한지는 확연하지 않은가.

조자평을 비롯한 모두가 놀랐으니 정작 당사자인 광마장군은 어떠했겠는가.

자신 있게 도를 휘둘렀던 그의 안색이 변해 있었다.

"이익!"

손에 사정을 둔 것도 아니다.

그런데도 불구하고 상대가 막아 냈다. 그것도 자신과 비등비등한 힘을 내보이면서 말이다.

피하거나 흘려 냈다면 이토록 화가 나지는 않았을 게다. 하지만 상대는 흡사 보라는 듯이 괴력을 자랑하는 자신에게 마찬가지로 힘으로 대항했다.

둘은 서로 도를 맞댄 채로 서로를 밀어 댔다.

하지만 이내 둘 모두 소강상태가 지속되자, 먼저 광마장군이 적월을 밀어냈다.

퍼엉!

거리가 벌어졌다.

하지만 그렇다 해도 고작 일 장도 안 되는 거리.

눈 깜짝하기도 전에 이미 다시금 싸움이 시작됐다.

쿠웅.

강하게 땅을 내밟으며 광마장군이 도를 내리쳤다. 적월 또한 이번에는 막아 내기 쉽지 않다 생각하고 옆으로 껑충 피했다.

도에서 쏟아져 나온 기운이 단숨에 땅을 갈랐다.

쩌억.

그저 내려친 것뿐이거늘 무려 오 장 가까이의 땅이 갈라져 버렸다. 그 무위에 놀랄 만도 하련만 적월은 냉정하게 비어 있는 옆으로 치고 들어갔다.

상대는 강자다. 그저 그런 수로 간이나 볼 생각은 전혀 없다.

적월은 처음부터 자전폭렬도(磁電爆裂刀)를 펼쳤다.

빈틈을 향해 미친 듯이 퍼부어지는 자전폭렬도가 펼쳐졌다.

광마장군은 너무나 빠르고 위력적인 힘이 몰려드는 통에 주변의 공기가 압축되어 빨려 들어간다는 착각이 일었다.

'이놈이?'

지지 않겠다는 듯 광마장군 또한 자신의 팔에 힘을 불어 넣었다. 원래 두터운 광마장군의 팔뚝이 일순 평소보다 더욱 팽팽하게 꿈틀거렸다.

순식간에 도막이 펼쳐지며 날아드는 적월의 자전폭렬도에 대항했다.

펑펑펑!

연달아 부딪히는 통에 굉음이 쉴 틈 없이 쏟아졌다.

그리고 그 공격은 하나하나가 너무나 위력적이었다. 도막을 쳤음에도 불구하고 광마장군의 몸이 미칠 듯이 밀려나기 시작했다.

타다다닥.

광마장군은 넘어지지 않기 위해 황급히 발을 놀리면서 계속해서 뒤로 물러나야만 했다.

내기로 만들어 낸 도막인데도 불구하고 그 힘에 압도되는 탓이다.

광마장군은 도막으로 공격을 막아 내는 데 급급했다.

하지만 이대로 가다가는 상황이 점점 불리해진다. 더군다나 자신이 이토록 밀리고 있다는 사실을 광마장군은 인정하고 싶지 않았다.

그리고 바로 그 순간, 미칠 듯이 파고들던 적월의 이마가 비어 있는 것이 눈에 들어왔다.

광마장군은 그 기회를 놓치지 않았다.

양손으로 잡고 있던 도를 오른손으로만 잡고 왼손을 뻗어 적월의 이마를 향해 휘둘렀다.

주먹을 말아 쥐고 중지만 뾰족하게 내민 형태.

내기까지 그 조그만 지점에 집중시켰으니 일격을 가한다면 당장에 머리통이 깨져 나갈 수도 있다.

비어 있는 적월의 머리에 중지가 닿으려는 찰나였다.

치명적 부상을 안길 수도 있는 상황이거늘 적월은 오히려 웃었다. 알게 모르게 슬쩍 미소 짓는 적월의 얼굴 표정을 보는 순간 광마장군은 알아 버렸다.

'함정이다!'

다급히 손을 회수하려 했지만 늦었다.

중지로 미간을 찍어 누르기 위해 앞으로 다가갔고, 양손 모두 공격과 방어를 하는 통에 자유롭지 못하다. 그리고 그런 틈 속으로 이미 적월의 주먹이 다가오고 있었다.

광마장군의 중지보다 먼저 적월의 주먹이 그의 가슴에 틀어박혔다.

쩌엉!

갑주 위로 내뻗어진 일격, 하지만 그 충격은 안으로 쏟아져 들어왔다.

광마장군의 몸이 그대로 뒤로 날아가 버렸다.

미친 듯이 굴러가 처박힌 광마장군이 피를 토해 냈다.

"우웩."

땅에 드러누운 채로 그가 자신의 가슴 부분을 바라봤다.

갑주 정중앙에 주먹 자국이 선명하다.

그리고 그 주먹 자국을 확인하는 순간 상반신을 덮고 있던 갑주들도 조각조각 나며 부서져 내리기 시작했다.

황궁의 장군답게 보통의 철로 만든 것이 아니거늘 적월의 주먹 앞에서는 조금도 버텨 내지 못한 것이다.

 이곳 운한표국에 있는 그 모두가 지금 상황에 당황하고 있는 기색이 역력했다.

 싸움을 시작할 때만 해도 광마장군이 압도적인 실력 차를 보일 거라 생각했다. 하지만 막상 뚜껑을 열어 보니 그 반대였다.

 상대를 유린할 거라 생각했던 광마장군이 오히려 그 이름조차 들어 보지 못한 자에게 쩔쩔매며 일방적으로 당하고 있다.

 광마장군이 천천히 자리에서 일어났다.

 내상을 입었지만 아직은 멀쩡하다.

 그리고 동시에 두 눈에서 흉흉한 기운이 감돌았다.

 여인을 참으로 좋아하는 자다.

 하지만 그보다 더 좋아하는 건 바로 싸움이다.

 그랬기에 이토록 강해질 수 있었다. 그런 그였기에 이제 광마장군의 눈에는 설화가 들어오지 않았다. 오직 적월만이 광마장군의 눈을 가득 채우고 있었다.

 전혀 들어 본 적이 없는 놈이라 얕보고 있었다.

 하지만 결코 이자는 얕보고 상대할 자가 아니다.

 광마장군이 아직 부서진 채로 몸에 달려 있던 갑주의 남은 부분을 손을 잡아 던지며 입을 열었다.

"이름이 뭐라고 했지?"

"적월."

"적월…… 좋아, 이제 그 이름을 가슴에 새기지."

인정한다.

이놈은 강하다.

적어도 자신이 이름 정도 기억해 주기에는 충분할 정도로.

자세를 잡으며 광마장군이 말했다.

"이제부터는 쉽지 않을 것이다."

광마장군의 신체에 넘쳐흐를 정도로 커다란 기운이 몰려들었다. 그리고 이내 그 기운은 광마장군의 손에 들린 거도로 향했다.

원체 커다랬던 도에 기운이 더해지자 그 크기는 본래에 비해 갑절 이상은 거대하게 느껴졌다.

화룡검문의 무인들은 쏟아져 나오는 투기에 놀라고 있었지만, 광마장군과 함께 싸워 왔던 수하들은 조금 달랐다.

지금 광마장군이 무엇을 하려 하는시 너무나 잘 알고 있었기 때문이다.

뇌전연환구륙도(雷電連環九戮刀)를 펼치려 하는 게다.

광마장군의 독문무공으로 선두에서 싸우기 좋아하는 그의 특성을 잘 드러내 주는 무공.

패도적이고, 모든 걸 부숴 버린다.

선두에서 그가 뇌전연환구륙도를 펼쳐 대는 순간 수십, 수백에 달하는 상대의 몸이 산산조각 나서 흩어졌다.

전장을 지배한다는 광마장군이 가장 자랑하는 무공.

그것을 지금 그가 펼치려 하는 것이다.

두두둑.

압력이 주변을 짓누른다. 몰려드는 기운만으로 모두의 몸이 움츠러들었다.

어마어마한 기세…….

나름대로 이런저런 일에 잔뼈가 굵었다고 생각하는 총관 단건문도 움직이는 것조차 쉽지 않았다. 그저 모두가 숨을 죽인 채 광마장군을 바라볼 수밖에 없었다.

그런데 그런 상대를 앞에 둔 적월은 태연자약했다. 저토록 어린 사내에게서 느껴질 법한 기도와 여유로움이 아니다.

적월은 그저 아무렇지도 않게 요란도를 움직이고 있었다.

'역시 보통이 아니라 이거군.'

상대는 강자다.

아니, 무림인의 기준으로 봤을 때는 보통 강자의 수준이 아니다. 현 무림의 최고 고수인 우내이십삼성에 견주어도 결코 모자람이 없다.

보는 눈이 워낙 많아 요력은 최대한 자제하려는 적월이었기에 가능하면 무공으로만 상대해야 했다. 그랬기에 적월 또한 방심할 수 없었다.

내기를 끌어 올린 적월의 몸 주변으로도 아지랑이처럼 기운이 나풀거렸다. 하지만 겉보기만으로는 적월의 힘은 광마장군에 비해 너무나 나약해 보였다.

광마장군이 근육으로 꿈틀거리는 팔을 움직였다.

투캉!

일격에 수백의 병사들을 도륙하던 무공인 뇌전연환구륙도가 한 명을 노리고 날아들었다. 휘두르는 것뿐이거늘 사방으로 강기가 요동쳤다.

콰앙!

그 범위 안에 있던 외벽이 단숨에 산산조각 났다.

적월은 그대로 날아드는 도를 바라봤다.

흡사 강기가 채찍처럼 적월을 노리고 날아든다. 그런 강기의 가닥을 향해 적월 또한 몸을 비틀며 주변으로 모여들던 내력을 쏟아 냈다.

아지랑이처럼 사방으로 나풀거리던 기운이 갑작스럽게 하나의 커다란 빛이 되었다. 주먹으로 모여진 기운이 폭발했다.

천마마라권강(天魔魔羅拳罡)이다.

날아드는 강기와 권강이 충돌했다.

쿠우웅!

두 힘이 충돌하는 순간 묵직한 충격음이 흘러나왔다. 하지만 두 힘은 엇비슷했는지 서로 그 모습이 사라졌다.

 커다란 힘이 충돌했는데 그 어떠한 일도 벌어지지 않았다.

 그리고 아주 잠시간의 정적.

 아무것도 변하지 않았던 주변의 광경들이 점점 일그러졌다.

 그 변화는 멀리에서부터 시작됐다.

 쿠르릉.

 멀리에 있던 나무가 쓰러지고, 운한표국의 외벽이 부서진다. 하지만 그것은 그저 시작에 불과했다. 점점 부셔져 가던 외벽이 적월과 광마장군가 가까운 지점에 이르자 무너지지 않았다.

 그 순간 바람이 불었다.

 휘잉!

 겨울의 초입에 어울리는 매서운 칼바람.

 그리고 바로 그 순간 멀쩡했던 근방의 외벽이 무너져 내리기 시작했다.

 흡사 모래로 만들어진 성처럼 가루가 되어서.

 쏴아아.

 외벽이 가루가 되어 흘러져 내리는 그 광경에 누구도 입을 열지 못했다.

모두가 상상도 못 한 놀라운 상황에 입을 벌리고 있었지만 적월과 광마장군은 조금 달랐다. 둘은 이미 이 같은 일을 예상하고 있었다.

광마장군이 먼저 입을 열었다.

"대단하군. 내 힘을 이렇게 완벽하게 상쇄시킬 줄은 몰랐는데 말이야."

"네놈도 생각보다는 내력이 제법이네."

"그건 내가 할 말이지. 어린놈이 어찌 이런 내력을 지녔는지 이해가 안 가는군."

도를 들고 있는 손이 얼얼하다.

단번에 수백의 목숨을 앗아 갈 정도로 위력적인 공격이 너무나 수월하게 막혔다. 하지만 그렇다고 해도 전혀 주눅 들거나 위축되지는 않았다.

광마장군은 다시금 도를 들어 올렸다.

생각은 바뀌지 않았다. 막혔다고는 하지만 그것은 뇌전연환구륙도의 일부였을 뿐, 그것이 이 무공의 전부는 아니다.

얼얼하게 떨리는 손에 힘을 불어 넣으며 광마장군은 다시금 뇌전연환구륙도를 펼쳤다. 번개의 힘을 담았다 하여 뇌전이라 이름 붙은 이 도법은 파괴력뿐만이 아니라 그 속도도 가히 일품이었다.

파괴력과 속도, 두 가지를 모두 지녔기에 이 무공이 그같이 강인한 힘을 뿜어낼 수 있는 것이기도 했다.

적월이 날아드는 광마장군의 공격을 요란도로 받아 냈다.

쩌엉!

충돌하는 것과 동시에 서로의 몸이 밀려났지만, 약속이라도 한 것처럼 둘은 다시금 상대방을 향해 도를 날렸다.

팡팡!

강기가 사방에서 요동친다.

하지만 그것들을 서로 상쇄시키며 그 와중에도 서로의 목숨을 노리며 도를 휘두르고 있다.

난전이지만 둘 모두 침착하게 상대의 목숨을 노리고 있었다.

둘의 싸움이 격해지자 주변에 있던 화룡검문의 무인들은 저절로 뒤로 물러나야만 했다. 하지만 그 뒤편으로 물러나는 것도 한계가 있었다.

바로 포위를 하고 있는 황궁의 무인들 때문이다.

어느 정도 물러나던 그들은 이내 자신들을 에워싸고 있던 황궁무인들과 맞닥트렸고, 그것은 곧 싸움의 시작을 알리는 것이기도 했다.

잠시 둘의 싸움에 넋을 잃고 있던 조자평이 설화를 바라보며 급히 입을 열었다.

"정말 광마장군을 상대로 승산이 있겠습니까?"

"있어요."

"좋습니다. 그럼 저희도 망설이지 않겠습니다."

백여 명 정도의 상대. 하지만 그보다 더욱 무게가 컸던 것이 바로 광마장군이다.

혹여나 자신들을 포위하고 있는 자들과 싸우다가 머리 숫자가 조금이라도 준다면, 그나마 먼지만큼이나마 있는 광마장군과의 싸움에서의 승산조차 없다.

물론 자신들이 광마장군을 혹여나 이긴다 해도 남은 황궁무인들에게 죽음은 면치 못하겠지만 말이다.

어차피 상황은 최악이다.

그저 저 사내가 광마장군을 이겨 주기를 바라는 수밖에.

결단을 내린 이상 망설일 것은 없었다.

적월이 광마장군을 붙잡아 둔 지금 자신들도 황궁무인을 친다.

"쳐라!"

조자평의 명에 잠시 황궁무인들과 대치하던 화룡검문의 무인들이 독기를 품은 눈으로 그들을 향해 달려 나갔다.

화룡검문의 무인들이 순식간에 그들의 진형을 무너트렸다.

숫자는 황궁의 무인들이 많았지만 개개인의 실력은 화룡검문이 위다. 거기다 절대고수인 광마장군이 빠진 것에 비해 이쪽은 조자평, 단건문, 그리고 설화까지 있다.

적월과 광마장군의 싸움과 별도로 두 세력 간의 싸움이 시작됐다.

미친 듯이 서로 도를 나누던 두 사람도 이런 변화를 눈치채지 못했을 리가 없다. 힐끔 뒤편을 바라봤던 광마장군이었지만 그는 이내 적월을 향해 다시금 강인하게 도를 몰아붙였다.

카앙!

도를 맞댄 채로 둘은 힘 싸움에 들어갔다.

이마마저 맞댄 채로 서로를 강하게 밀고 있었다. 내력으로 버텨 내고는 있었지만 신체적 열세로 적월이 다소 불리했다.

숨소리마저 들릴 정도로 가까운 거리. 적월이 상대를 동요시키기 위해 힘을 쥐어짜며 말했다.

"네 수하들이 도륙당하고 있는데?"

"흐흐, 상관없다. 나는 네놈만 죽이면 되거든."

광마장군이 웃었다.

이자는 진심이다.

적월만 생각하고 있고, 그 외의 것은 그다음 문제다. 아마도 적월만 없다면 자신들 수하가 모두 죽는다 해도 남은 자들의 처리가 어렵지 않다 생각해서인지도 모른다.

광마장군이 힘으로 적월을 내리누르며 입을 열었다.

"애송이! 벌써부터 지치면 안 되지. 난 이런 아수라장을 수도 없이 거쳐 왔거든."

"그 입 좀 닫아. 입 냄새가 여기까지 치미니까."

"흐흐흐."

위에서 짓눌러져 오는 힘이 보통이 아니다.

상황이 그리 좋아 보이지 않았거늘 적월은 여유가 있어 보였다.

이렇게 정면으로 힘 대결을 하면 불리할 것을 누구보다 잘 아는 적월이다. 그런 적월이 왜 이 같은 짓을 했을까?

이유는 간단했다.

치명상을 줄 수 있는 거리를 만들기 위해서다.

무공으로만 상대한다 해도 질 거라 생각하지는 않는다. 하지만 이자와 긴 싸움을 하고 싶은 생각도, 이유도 없다.

빠르게 끝내기 위해서는 무공만으로는 안 된다.

생각지도 못한 힘, 요력이 필요했다.

적월의 시선이 광마장군의 뒤편, 싸움을 벌이고 있는 두 패거리로 향했다. 두 패거리는 지금 서로 긴의 싸움에 미친 듯이 열중하고 있다.

사람들의 눈 때문에 자제하고 있었지만 이제는 그럴 필요가 없어졌다는 소리다.

애초부터 두 세력이 맞붙는 걸 본 순간 적월은 이 싸움을 빠르게 끝내기 위해 요력을 쓰기로 마음먹었던 것이다.

적월의 몸에서 요력이 꿈틀거렸다.

그리고 적월의 의지로 발동되는 요력이 이내 바깥으로 그 힘을 토해 냈다.

"엇?"

힘으로 적월을 내리누르기 시작했던 광마장군의 균형이 무너졌다. 그가 갑작스럽게 이렇게 반응하게 된 것은 바로 땅 때문이었다.

땅이 이상하다.

발로 딛고 있던 땅 부분이 마치 물처럼 일렁거린다. 그리고 덩달아 광마장군의 발목이 그런 흙 속으로 파묻혀 버리고야 말았다.

양쪽으로 갈라진 땅이 광마장군의 발목을 집어삼킨 것이다.

"이, 이게 무슨……."

균형이 무너졌고, 움직임도 용의치 않다.

적월보다 커다랬던 키는 땅에 살짝 묻힌 탓에 오히려 작아지고야 말았다.

바로 그 순간 광마장군의 이마를 적월이 팔꿈치로 내려쳤다.

뻐억!

"크억!"

광마장군은 그대로 뒤로 나자빠지고야 말았다.

버티려 했지만 충격도 컸고, 자유자재로 변화되는 지형이 그의 움직임을 방해했다.

일순 두 눈을 까뒤집었을 정도로 광마장군은 머리가 흔들리는 큰 타격을 받았다. 하지만 그는 강인한 무인답게 빠르게 정신을 차렸다.

자리에서 일어난 광마장군의 이마는 새빨갛게 달아올라 있었다.

광마장군은 두 눈을 비볐다.

마치 눈앞에 펼쳐진 상황을 믿을 수 없다는 듯한 행동이었다.

그건 당연했다. 땅이 일렁거리고 있다. 그것도 자신의 발 아래만 말이다.

땅에 흡사 생명이 있는 것만 같았다.

놀란 눈으로 바닥을 바라보던 광마장군이 고개를 치켜들고 석월을 바라봤다.

유유자적한 얼굴로 서 있는 적월을 바라보던 광마장군이 떨리는 목소리로 입을 열었다.

"네, 네놈이 한 짓이냐?"

"뭐 그리 당연한 질문을 하고 그래?"

말을 마친 적월이 땅을 지그시 바라봤다. 바로 그 순간 흙으로 만들어진 사람 손이 갑작스레 튀어나와 광마장군을 위협했다.

그런 괴물 같은 모습에 광마장군이 놀라 황급히 뒤로 뒹굴었다. 하지만 애초부터 공격할 생각이 없었는지 적월은 그 모습에 비웃음을 흘렸다.

얼굴에 놀란 감정이 가득한 광마장군이 뒤를 돌아봤다.

한창인 싸움터, 이 같은 변화를 눈치챈 것은 당연히 자신밖에 없었다. 광마장군이 최대한 침착하게 말을 이어 나갔다.

"너, 보통 인간이 아니구나."

"맞아."

"여태까지 이런 걸 감춘 건 보는 눈 때문이었던가?"

적월이 대답했다.

"들켜도 상관은 없지만 그래도 감춘다고 나쁠 건 없으니까. 너와의 싸움을 길게 끌고 싶지도 않고 말이야."

지금은 그 누구도 이쪽에 제대로 신경을 쓰지 못하고 있다.

그사이에 빠르게 광마장군을 죽이고 남은 황궁무인들을 정리한다.

적월은 요력까지 쓰기 시작한 이상 광마장군이 그리 오래

버티지 못할 거라 자신했다.

"슬슬 끝내지."

말을 마친 적월이 한 손을 들어 올렸다.

그리고 그 순간 땅속에서 흙으로 된 가시들이 솟구쳐 올랐다.

땅에서 솟구쳐 오르는 가시를 보며 광마장군은 놀란 듯이 몸을 날렸다. 육중하지만 그는 민첩했고, 그 와중에서도 재빠른 판단을 내렸다.

그는 가시들을 향해 빠르게 일장을 내질렀다.

파앙!

적지 않은 내력이 실린 장법이 순식간에 가시들을 뒤엎었다. 설리표 이후 최고의 무인이라는 평판답게 광마장군은 녹록치 않았다.

요력으로 만들어진 가시들이 광풍처럼 몰아닥치는 장력에 휩쓸려 산산조각이 났다. 하지만 공격은 그게 전부가 아니었다.

흙으로 된 부서진 가시들이 수십 개의 날카로운 침으로 변해 날아들었다.

핑핑!

광마장군은 몸을 보호하려고 재빠르게 거도를 휘둘렀지만, 전부를 막아 내는 건 불가능했다. 몇 개의 가시들이 광마장군의 몸을 관통하고 지나갔다.

얇은 핏줄기가 사방으로 터졌다.

"끄응."

간신히 땅에 착지한 광마장군의 안색은 그리 좋지 못했다. 그의 시선이 덜렁거리는 왼쪽 팔로 향했다.

목숨과 관련된 혈도들은 모두 보호해 냈지만, 결국 왼팔의 근육이 찢겨져 나갔다. 그 탓에 왼팔은 그저 거추장스러운 물건이 되고야 말았다.

적월이 한쪽 팔을 못 쓰게 된 광마장군을 보며 말했다.

"설 대협이 황궁에서 물러나는 데 크게 일조한 놈이라기에 기대했는데…… 생각보다 별로네?"

"뭐, 뭐라고 지껄이는 거냐, 이놈."

목소리에 반쯤 공포가 젖어들어 있다.

인간이 할 수 없는 행동을 행하고 있는 적월에게 기가 눌린 것이다. 크게 놀란 데다 겁까지 집어먹은 게 분명했다.

적월의 요란도에서 검붉은 기운이 흐르기 시작하더니, 이내 물처럼 뚝뚝 떨어졌다.

검붉은 기운에 휩싸인 채 다가오는 적월의 모습은 흡사 사신을 보는 것만 같은 착각이 일게 만들 정도였다.

겁을 집어먹은 표정이지만 지지 않겠다는 듯 광마장군도 도를 들어 올렸다.

'생각보다 겁쟁이로군. 실력도 별로고.'

그저 요력을 보여 줬을 뿐이거늘 아까와는 확연하게 달라진 기도가 흡사 다른 사람을 보는 것만 같다. 이 정도로 겁 많은 자가 어찌 주천영의 수족이 되었는지 이해할 수는 없지만……

적월의 시선이 힐끔 뒤편으로 향했다.

압도적으로 수 차이가 나긴 했지만 화룡검문의 무인들은 황궁무인들에게 밀리지 않고 싸우고 있었다. 개개인의 무공 실력이 황궁무인들에 비해 출중한 탓에 가능한 일이리라.

'끝내야겠군.'

이미 겁을 집어먹은 상대다. 이런 자를 상대하는 건 그리 어렵지 않다.

무림의 우내이십삼성과 견줄 정도의 실력자라 다소 시간이 걸릴 거라 생각했는데 그건 착각인 듯했다.

소문이 과장된 것이 분명하다.

광마장군은 여전히 뇌전연환구륙도를 펼치려 하고 있었다.

나쁜 선택은 아니다.

가장 자신 있고 손에 익은 무공만이 생사의 기로에서 자신을 구해 줄 수 있는 법. 더군다나 그것이 광마장군이 펼칠 수 있는 가장 빼어난 무공이라면 더더욱 그렇다.

적월의 몸 주변을 흐르던 검붉은 강기가 점점 커져 가기 시작했다.

천마신공의 다섯 번째 초식.

천마대수라강기(天魔大修羅罡氣).

적월이 요란도를 추켜올렸다. 그리고 그 순간 주변으로 바람이 밀려들었다.

흡사 곧 있을 폭풍과도 같은 상황을 예측이라도 하는 듯이 말이다.

하지만 공격은 이것이 전부가 아니다.

내공과 함께 요력도 꿈틀거렸다.

다른 이들의 눈에 보이지 않게 요력으로 만들어진 조그마한 불덩이들이 적월의 주변을 맴돌았다. 그 크기는 작았지만 적월과 마주하고 있는 광마장군의 눈에는 똑똑히 보일 것이다.

딱딱하게 굳은 표정의 광마장군을 향해 적월이 한 발을 내디뎠다.

제법 되는 거리. 그러나 적월은 요란도를 내리그었다.

그 순간 적월의 요란도 끝에서 아홉 가닥의 강기가 뿜어져 나갔다. 팽이처럼 회전하며 날아드는 강기의 가닥들은 단번에 광마장군을 덮쳐 갔다.

쿠우웅.

밀려드는 압력만으로 사람이 뭉개질 것만 같다.

하지만 광마장군은 이를 악물고 버텨 냈다. 그저 강기가 날아드는 것만으로도 발목까지 땅에 파묻힐 정도의 힘이 밀려든다.

광마장군이 도를 든 채로 몸을 날렸다.

"뇌도풍운(雷刀風雲)!"

뇌전연환구륙도의 마지막 초식. 강기로 모든 것을 찢어 버릴 정도의 파괴적인 힘을 지녔다.

전장에서 가장 먼저 싸움을 알리고 기세를 제압하기 위해 사용하던 초식이 바로 이 뇌도풍운이다. 하지만 지금은 조금 달랐다.

상대의 공격을 막아 내기 위해 다급히 펼쳐 낼 수밖에 없었다.

너무나 커다란 두 개의 힘이 충돌했다.

두 개의 힘이 마주하는 그 순간 말로 표현하기 힘든 반탄력이 덮쳐 왔다.

강기를 쏟아 낸 적월과 광마장군의 몸도 뒤로 밀려 나갔다. 그러나 그 반탄력은 둘만의 문제로 끝나지 않았다.

커다란 충격이 운한표국을 뒤덮어 갔다.

쿠르릉!

땅이 진동했고 근방에 있던 건물들이 박살 났다. 근방에 있던 무인들은 그 충격파만으로도 내상을 입고 피를 토하기까지 했다.

빛무리가 적월과 광마장군을 뒤덮었다.

어마어마한 굉음에 모두가 싸움을 멈추고 사라져 가는 빛무리를 바라보고 있었다. 이 싸움의 승자가 이번 격돌로 가려질 거라는 걸 직감이라도 한 듯이 말이다.

주변을 뒤덮었던 빛이 사라지고 모습을 드러낸 적월과 광마장군은, 모두 멀쩡히 자리에 서 있었다.

하지만 그것도 잠시.

"너……."

광마장군이 힘겹게 입을 열었을 때였다.

쩌적.

소름 돋는 소리와 함께 광마장군의 가슴팍이 찢겨져 나가기 시작했다. 그러고는 이내 피가 분수처럼 솟아오르며 광마장군의 몸이 뒤로 자빠졌다.

뒤로 쓰러진 광마장군이 연신 입으로 피를 토해 냈다.

"쿨럭."

가슴은 반으로 갈라졌고, 장기들마저 뭉개진 듯하다. 입에서는 계속해서 피가 터져 나왔고 광마장군의 거구는 사시나무 떨듯이 부들부들거렸다.

강기의 싸움에서도 밀렸다.

하지만 이토록 가슴을 반으로 쪼개 버린 것은 요력으로 만들어진 불덩이였다. 요력의 불덩이가 날아들더니 날카로운 칼이 되어 광마장군의 가슴을 베어 버린 것이다.

쓰러진 채로 미친 듯이 떨어 대던 광마장군이 적월의 얼굴을 바라봤다. 흡사 죽어서도 기억하겠다는 듯이 적월의 얼굴을 뚫어져라 바라봤다.

그러고는 이내 광마장군의 손에 들려 있던 도가 떨어져 내렸다.

카앙.

조그마한 소리였지만 이 운한표국 안에 있는 모두에게는 천둥보다 더욱 크게 느껴졌다. 그것은 이 싸움의 승패가 정해지는 소리였으니까.

황궁무인들은 모두 아연실색한 표정을 지을 수밖에 없었다.

패했다.

다른 이도 아닌 황궁 최고의 무인인 광마장군이 패한 것이다. 그것도 저토록 어려 보이는 사내에게.

믿을 수 없었지만 두 눈으로 직접 보지 않았던가.

광마장군은 가슴이 터져 나갔거늘 그를 상대한 적월이라는 자는 잔부상 하나 입지 않았다. 그런 자를 자신들이 어찌 상대한단 말인가.

그들은 전의를 잃고 그저 멍하니 죽어 버린 광마장군을 바라볼 뿐이었다.

그리고 그런 때를 놓치지 않고 조자평이 검을 들어 올리며 소리쳤다.

"우리가 이겼다!"

그 외침은 가뜩이나 싸울 힘을 잃은 황궁의 무인들의 전의를 꺾어 버렸다.

뒷일은 일사천리로 진행됐다.

광마장군이 죽어 버린 지금 황궁무인들 또한 싸울 힘을 잃어 버렸다. 광마장군조차 어렵지 않게 죽여 버릴 정도의 괴물이 있는 이상 싸운다 해도 승산이 없음을 너무나 잘 알기 때문이었다.

화룡검문의 무인들은 전의를 잃은 그들의 혈도를 제압해 창고에 가두고는 부상자들을 챙겼다.

광마장군에게 끌려온 불쌍한 두 여인도 우선 일행에 합류시키기로 정했다.

연고지도 없는 그녀들을 그냥 두기보다는 우선은 잠시라도 보살피며 어딘가 자리 잡을 수 있게 해 주기로 정한 것이다.

그 모든 일을 처리하는 데 일각 정도의 시간밖에 걸리지 않았다.

마지막으로 부상자를 챙기고 있을 때 적월의 옆에 서 있던 표국주 조자평이 넌지시 입을 열었다.

"대단하시군요. 광마장군을 이길 자는 중원에 그리 많지 않다 생각했는데 이토록 압도적일 줄은……."

"그렇습니까?"

적월은 무덤덤하게 대답했다.

별로 어려운 상대도 아니었고, 생각했던 것보다 너무 시시한 자였기 때문이었다.

그때 화룡검문의 무인 하나가 이쪽으로 다가와 예를 취하고는 조자평에게 물었다.

"죽은 자들은 어떻게 할까요?"

"……시간은 없지만 그냥 둘 수는 없지."

화룡검문을 위해 싸우다 죽은 이들이 그저 까마귀들의 먹이가 되게 하고 싶은 생각은 없다. 조자평이 몸을 돌려 설화에게 말했다.

"잠시 시신을 정리하고 와도 되겠습니까?"

"당연히 그래야죠."

"금방 오겠습니다."

조자평은 단건문, 화룡검문의 무인들과 함께 시신을 수습하러 뛰어갔고 적월과 설화만이 덩그러니 남아 버렸다.

둘 사이에 잠시간 침묵이 맴돌았다.

그렇지만 그 침묵을 결국 망설이던 설화가 깨 버렸다.

"신세를 졌네요."

"뭔 신세?"

"당신 덕분에 이렇게 화룡검문이 사라지지 않을 수 있었잖아요."

"됐어."

적월이 짧게 대답했다.

사실 적월은 이런 쪽으로 대화를 나누고 싶지 않았다. 설화를 따라 이곳까지 온 자신의 행동이 솔직히 스스로도 잘 이해가 안 가기 때문이다.

따라와 놓고도 왠지 모르게 쑥스러워 이런 부분에 한해서는 자신도 모르게 퉁명스레 대답하고 있었다.

왠지 속내가 들킨 것 같은 느낌이 들었기 때문이다.

머뭇거리는 자신의 모습이 우스웠는지 적월이 황급히 말을 바꿨다.

"아니다. 심심해서 온 거긴 하지만 그래도 분명 신세 진 건 맞네. 나중에 꼭 갚아."

"그럴게요. 정말 고마워요."

"……."

익숙하지 않다.

누군가에게 이토록 진심으로 고맙다는 말을 듣는 것도, 다른 이를 위해 굳이 귀찮은 일을 하는 것도.

아무리 생각해도 적월에게 이득 하나 없는 이 같은 일을 해 준 것은 아마도 새로운 삶을 시작하며 만나게 된 두 사람 때문이리라.

부모인 적사문과 홍초희.

그 둘은 적월의 성격의 일부분을 바꾸어 버렸다.

물론 그렇다 해서 마인인 적월의 본성 자체가 바뀐 것은 아니지만 말이다.

그렇게 적월이 내키지 않는 대화를 끝냈을 무렵 시신을 수습하러 갔던 화룡검문의 무인들이 돌아왔다.

더 머물 이유가 없었기에 화룡검문의 무인들과 함께 적월은 우선 이곳을 뜨기 위해 발걸음을 옮겼다.

그렇게 운한표국에서 모든 사람이 사라졌을 때.

투둑.

이상한 소리가 들렸다. 그리고 그 소리는 한 번으로 끝나지 않았다.

투두둑, 투둑.

놀라운 일이 벌어졌다.

가슴이 벌어져 죽어 버렸던 광마장군의 몸이 움찔거리기 시작한 것이다.

벌어졌던 가슴 부분이 천천히 아물었다.

바로 그 순간 감겨져 있던 광마장군의 두 눈이 부릅떠졌다. 그러고는 가슴이 찢겨져 죽어 있던 그가 천천히 자리에서 일어났다.

"끄응."

신음소리를 토해 낸 광마장군은 자신의 가슴팍을 어루만졌다. 피범벅이었고 아직 상처가 다 아물진 않았지만, 이건 인간의 회복력이 아니다.

그가 가슴을 내려다보며 중얼거렸다.

"조금만 더 늦었다간 정말 죽을 뻔했네. 뭐들 그리 하는 게 많아? 빨리들 갈 것이지."

큰 부상을 입었고 실제로 죽을 뻔도 했다. 하지만 이건 전부 계산하에 벌어진 일이다. 광마장군은 본실력을 다하지도 않았다.

어느 순간부터 그는 이처럼 죽은 척을 하고 싸움을 끝낼 생각이었던 것이다.

도대체 왜.

"예상치도 못한 수확이로군."

광마장군은 옆에 떨어져 있는 자신의 도를 들어 허리춤에 찼다. 도를 챙긴 그가 적월이 떠난 방향을 바라보며 나지막이 중얼거렸다.

"어떻게 찾나 고민했는데…… 알아서 모습을 드러냈구나, 지옥왕."

놀랍게도 광마장군은 적월의 정체를 알고 있었다.

물론 애초에 가슴이 찢겨져 버리고도 살아날 때부터 보통 인간이 아니라는 소리겠지만 말이다.

그는 명객이었다.

그것도…….

"적월이라 했지? 이름을 알았으니 이제 찾는 건 식은 죽 먹기로군."

혈왕을 따르는 네 명의 회주 중 일인.

지주(地主)다.

그가 적월에 대해 알아 버렸다.

第二章
다음 행선지

슬슬 돌아갈 때가 된 건가

 화룡검문을 지키기 위해 한 달이나 바깥을 돌아다녔던 적월과 설화가 다시금 무림맹으로 돌아왔다. 그 한 달이라는 시간 동안 무림맹에는 꽤나 많은 일이 있었다.
 우선은 적월과 설화가 속한 묵혼대(墨魂隊)가 맹주의 직속 단체로 들어갔다. 물론 이것은 적월 일행을 자신과 쉽사리 접할 수 있게 하기 위한 맹주 우금녕의 계책이었다.
 이유야 어쨌든 간에 수많이 널려 있던 무력 단체 중 하나였던 묵혼대의 위상이 이제는 제법 올라가게 됐다. 덕분에 대주인 추량의 입이 귀밑까지 걸렸다.
 그리고 무림맹에 도착한 지 열흘가량이 지났다.

하지만 무림맹으로 돌아온 이후 적월은 무료한 시간을 보내야만 했다.

간간히 묵혼대의 일로 나갈 뿐, 그 외의 시간은 방에서만 보내고 있다. 물론 그 시간 동안 요력을 조금 더 다듬고, 또 명객들에 대해 알아보기 위해 많은 것을 조사하고 있다.

그렇지만 명객에 대해 그 어떤 정보도 찾지 못하고 있었다. 그 탓에 요마인 풍천과 살문은 하루도 쉬지 않고 들들 볶아 대는 적월 탓에 죽을 맛이었다.

그리고 그건 오늘도 마찬가지였다.

밤늦게 돌아왔지만 아무런 것도 알아내지 못한 풍천의 얼굴은 죽상이었다.

조그맣고 귀여운 요마인 풍천이 적월 앞에 쭈그려 앉은 채로 조심스레 입을 열었다.

"저……."

"알아낸 거 있어?"

적월의 질문에 올게 왔다는 듯 풍천은 두 눈을 질끈 감았다. 이런저런 핑계를 대며 쉽지 않았다는 걸 적월에게 내비추고 싶었지만, 그런 마음은 접었다.

적월의 성격을 잘 알게 된 탓이다. 길게 주저리주저리 말하는 걸 질색하는 자다.

풍천이 들들 볶일 각오를 하고 빠르게 대답했다.

"아뇨. 오늘도 빈손입니다, 두목."

"대체 너는 밥만 먹을 줄 알지 제대로 하는 게 뭐 있어?"

적월이 침상에 누운 채로 풍천을 쏘아붙였다.

그 말에 풍천은 어쩔 줄 모르고 쩔쩔맸지만 적월은 그냥 그런 모습을 물끄러미 바라보고 있었다. 솔직히 말해 뭔가 알아 올 거라고 크게 기대도 하지 않고 있었기 때문에 실망감도 별로 크지 않았다.

다만 무료한 일상에 이렇게 풍천을 괴롭히는 낙으로 살아가는 적월이었다. 한마디로 그저 심심한 탓에 풍천을 가지고 놀고 있는 것이다.

그런 것도 모르고 풍천은 죽상만 짓고 있었다.

적월은 이내 그것도 재미가 없었는지 천장을 향해 시선을 돌려 버렸다.

명객이 자취를 감췄다. 아니, 명확히 말하자면 그들을 찾을 단서가 보이지를 않는다. 여태까지는 그나마 단서들이 있어 그것을 파고들며 명객들을 찾아냈다. 하지만 그 단서가 끝나 버렸다.

무림맹.

이 안에도 분명 남은 명객은 있을 것이다. 하지만 그들을 찾는 일은 쉽사리 진행되고 있지 않다. 무림맹주 우금명이 몇 명을 용의선상에 놓고 조사하고 있지만 그토록 쉽게 발각

될 자들이었다면 이토록 큰일을 벌일 수도 없었을 게다.

완벽한 보안 속에 그들은 몸을 감추고 있다. 아직까지는 그들을 완벽하게 파악할 방법이 적월에게 없었다. 그나마 지금 명객을 찾아낼 수 있는 일말의 희망이라도 있는 것은 몽우뿐이다.

같은 명객인 몽우라면 정체를 아는 자가 있을지도 모른다. 그것도 아니면 혹시나 다른 명객의 움직임에 대해 알려 줄 수도 있다. 다만 아직까지 몽우도 별다른 움직임에 대해 듣지 못했다고 했다. 점점 명객이라는 존재들이 어둠 속에 묻혀 가는 느낌이다.

"에이!"

적월은 짜증난다는 듯이 침대에서 몸을 돌렸고, 그 모습은 괜히 눈치만 보는 풍천은 깜짝 놀라게 했다. 그리고 그때 문을 열며 몽우가 성큼 걸어 들어왔다.

그가 신명나게 웃으며 입을 열었다.

"오늘도 빈둥거리나, 친구."

"뭐야, 넌 또 왜 왔어? 명객에 대해 말해 줄 거 아니면 그냥 가고."

"큭큭, 요새 아주 신경질적이네."

웃으며 다가온 몽우가 넉살 좋게 적월의 침상에 걸터앉았다.

침상에 걸터앉으며 아래에 주저앉아 있는 풍천에게 가볍게 인사를 했지만 그는 고개를 외면하며 몽우의 인사를 무시했다.

아무래도 명객인 몽우와 한자리에 있는 게 무척이나 불편한 모양이었다. 익숙한 일이었기에 몽우 또한 별다르지 않아 보였다.

그때 적월이 침상에서 일어나며 시큰둥하게 대답했다.

"안 그러게 생겼냐? 벌써 오십 일 정도가 지났어."

무림맹주를 구한 이후 명객에 대한 모든 단서가 끊겨 버렸다. 무림맹주와 손을 잡으면 무림맹 내부에 있는 명객들을 색출해 낼 수 있을 거라고만 생각했지, 그게 이리 오래 걸릴지는 몰랐다. 짜증 내는 적월을 향해 몽우가 말했다.

"어쩌겠어. 명객이라는 놈들이 그리 녹록한 자들이 아닌데. 아마 무림맹 내부에서 명객을 색출하려면 몇 달은 족히 걸릴걸."

"몇 달이라고? 차라리 내가 신경질 내다 죽는 게 빠르겠군."

적월의 말에 몽우가 피식 웃으며 답했다.

"그렇게 답답하면 다른 데라도 뒤져 보든가."

"다른 곳이라……."

적월이 다시금 침상에 드러누웠다.

명객에 대한 모든 것이 끊겼다. 무림맹 내를 조사하는 일은 자신보다 맹주인 우금명이 훨씬 수월하다. 이곳 무림맹에서 적월이 크게 할 일은 없는 것이다.

그렇다면 적월은 무엇을 해야 할까?

이렇게 무료하게 시간을 보내고 있는 것이 그리 마음에 들지 않는다.

그리고 적월은 딱 한 군데 명객과 깊은 관련이 있는 곳을 알고 있다. 다만 너무나 멀고, 또 잠입할 방도가 없기에 고민만 하고 있었다.

적월이 천천히 입을 열었다.

"한 군데 조사해 볼 곳이 있긴 한데……"

"어딘데?"

적월에게 가까이 다가오며 몽우가 물었다. 그런 몽우의 얼굴을 손으로 밀어내며 적월이 대답했다.

"마교."

"뭐?"

잠시 멍한 표정으로 적월을 바라보던 몽우가 웃음을 터트렸다.

"하하하! 정말 재미있다니까. 마교가 어떤 곳인지는 알고 하는 말이지?"

"물론이지."

모를 리가 있겠는가.

적월이 태어나고 자란 곳, 그리고 오랫동안 그곳의 정점에 서 있던 자가 다름 아닌 자신이 아니던가.

대답하는 적월을 보며 몽우가 고개를 끄덕였다.

"하기야 환마장의 진악신장을 바로 알아본 걸 보면 이쪽보다는 그쪽에 가까워 보이긴 하네. 성격도 그렇고."

"내 뒷조사는 그만하시지."

"그런데 방법은 있어? 들어가는 게 쉽지 않을 텐데."

"그래서 고민 중이야."

마교는 무림맹보다 잠입하는 게 쉽지 않다.

무림맹은 수십 개의 단체들로 이루어져 그만큼 파고들 틈이 많은 반면 마교는 단 하나의 세력으로 되어 있다.

확실한 신분이 없다면 그곳에서 활동하는 건 그리 쉽지 않을 것이다. 더군다나 적월이 조사해야 할 것은 마교의 고위층들이다.

적월이 고민에 빠져 있을 때였다.

"흐음, 마교라…… 들여보내 줘?"

고개를 주억거리며 듣고 있던 몽우가 아무렇지 않게 말했다. 그리고 그 말을 듣는 순간 적월의 얼굴에 화색이 돌았다.

하지만 이내 표정을 구기며 날카롭게 쏘아붙였다.

"방법이 있었으면 미리 말해 주면 되잖아?"

"하하, 그냥 고민하는 걸 보고 있자니 재미있어서."

"지독한 악취미로군."

방금 전까지 풍천을 괴롭히던 적월이 할 말은 아니었지만 막상 당사자가 되니 자신이 한 일 같은 것은 기억도 나지 않았다.

살짝 짜증 난다는 어투였지만 우선은 중요한 게 그게 아니다. 적월이 말을 이었다.

"확실하게 마교에 넣어 줄 수 있는 거냐?"

"날 뭐로 보는 거야. 나 몽우야, 몽우."

가슴을 툭툭 두드리며 몽우가 자신 있게 대답했다.

확신 어린 몽우의 말에 적월이 고개를 끄덕였다. 몽우는 귀빈의 신분으로 무림맹으로 들어오던 자다. 어떠한 방법을 쓴 건지 모르겠지만 그것이 가능했다면 마찬가지로 마교도 불가능한 일이 아닐 것이다.

몽우가 잠시 뭔가를 기억해 내려는 듯하더니 이내 화색을 띠며 말했다.

"천수백살녀(千手白殺女), 대막혈마(大漠血魔). 둘 중 뭐로 할래?"

"뭐야, 그게."

"누군지 몰라?"

"아니, 둘 다 알아. 설마 나보고 그 둘 중 하나로 분장하라는 거냐?"

어찌 모르겠는가.

둘 모두 사파에서 떠받드는 인물들인데. 다만 문제는 그들의 나이가 살아 있다 해도 이미 일백 세가 훨씬 넘었을 거라는 거다. 더군다나 천수백살녀는 여인이다.

적월의 말에 몽우가 고개를 저으며 말했다.

"미치지 않고서야 그러겠냐. 그 두 명 중 한 명의 후손 신분으로 가자 이거지."

"그게 가능해?"

"물론이지. 다만 하나는 네가 해 줘야겠지만."

"해 줘야 할 게 뭔데?"

"둘 중 택한 자의 무공을 익혀야겠지. 그래야 완벽하게 속일 수 있을 테니까."

몽우가 아무렇지 않게 말했다. 하지만 막상 그 이야기를 듣고 있는 적월은 그렇지 않았다.

둘은 부림에서 완전히 사라진 인물들이다. 먼지처럼 사라진 탓에 그 둘의 무공은 마교에도 남아 있지 않다.

적월은 몽우를 바라봤다.

"둘의 무공을 알고 있어?"

"그럼."

대답하는 몽우는 대수롭지 않아 보였다.

그러나 아마 지금 몽우를 다른 사람이 본다면 놀라 까무러칠 수밖에 없을 것이다.

마교에서도 되찾고 싶어 하는 두 사람의 무공이다. 그들의 무공은 천하를 뒤흔들었던 부류의 것들. 실전되었다는 사실만으로 수많은 마도인들이 통탄하고 있는 바로 그러한 무공들이다.

그러한 무공들을 몽우는 알고 있었다. 그리고 아마도 그만이 아는 것이 고작 저 두 개뿐만은 아니리라.

알면 알수록 신비한 사내라는 생각이 들었다.

도대체 이자의 끝은 어디일까.

적월이 잠시 생각하다 대답했다.

"대막혈마가 낫겠군."

"잘 생각했어. 아마 네가 익히기에도 그게 더 쉬울 거야."

천수백살녀의 무공은 아무래도 음의 기운이 강한 탓에, 적월이 익히기에는 다소 부적합했다. 그러했기에 적월은 대막혈마를 골랐다.

몽우가 입을 열었다.

"그런데 목적지가 마교라면 이번 일을 하는 데 꽤 걸릴 것 같은데?"

"가는 것만 해도 족히 이십 일 이상은 걸리겠지. 거기다가 마교에서 해야 될 일도 있으니……."

꽤나 오랜 시간이 걸릴 것이다.

명객의 일뿐만이 아니다.

적월 개인적으로 마교에 돌아간다면 하고자 하는 일들이 많다. 물론 그 일들이 명객과 관련되어 있을 공산이 무척이나 크지만 말이다.

심하면 반년 이상은 걸릴지도 모르는 여정.

하지만 적월은 크게 문제 될 것이 없었다. 어차피 무림맹 내부의 명객에 대해 알아내는 데도 몇 달은 걸릴 것이다. 그럼 시기적으로도 마교의 일을 어느 정도 정리하기에 충분하다. 들어갈 방도까지 찾은 지금 적월의 마음은 마교로 향하는 것으로 크게 기울어졌다.

그때 몽우가 말했다.

"나도 동행해야겠군."

"넌 왜?"

"너한테 무공도 가르쳐 줘야 할 거 아냐."

싱글싱글 웃으며 밀하는 몽우를 향해 적월이 퉁명스레 말했다.

"그런 건 그냥 여기서 말해 줘도 외울 수 있거든?"

"아냐, 아냐. 혼자 보내는 게 불안하니까 나도 갈래."

여전히 웃으며 몽우가 말했다.

하지만 한눈에 봐도 몽우의 얼굴에는 그냥 재미있는 무엇인가를 갈구하는 표정만이 가득했다.

대체 뭘 생각하는지 그 속내를 알아차리기 힘들다.

이런 자와 동행하는 게 못내 내키지는 않았지만 지금은 적월이 몽우에게 도움을 받는 입장이다.

아마도 자신이 싫다 하면 몽우 또한 도와주지 않겠다며 으름장을 놓을 것이 자명한 노릇.

적월이 어쩔 수 없다는 듯이 말했다.

"네 마음대로 해."

"좋아! 허락한 거다. 오랜만에 마교 구경 한번 하겠군."

몽우가 신이 난 듯이 웃었다.

그렇게 웃고 있는 몽우를 불만스럽게 바라보던 적월이 바로 옆에 놓여 있는 요란도를 향해 시선을 돌렸다.

적월은 조심스럽게 요란도를 쓰다듬었다. 마교로 간다는 사실이 적월의 심장을 조금 더 빠르게 뛰게 한다.

'돌아가게 됐구나.'

적월이 요란도의 도신에 손을 댄 채로 두 눈을 지그시 감았다. 수많은 기억들이 스쳐 지나간다.

정리해야 할 일들. 아주 조금이지만 보고 싶은 얼굴들도 있다. 수많은 이들의 얼굴이 스쳐 지나가다 마지막으로 자신을 배신한 마교 부교주 헌원기의 얼굴이 떠올랐다.

바로 그 순간 적월이 두 눈을 부릅떴다.

마교행(魔敎行)이다.

마교행을 마음먹은 지 삼 일이 지났다.

마음 같아서는 당장에 떠나고 싶었지만 적월 또한 무림맹에 몸담으며 나름대로 해야 할 일이 있었고 맹주 우금명과의 연락도 주고받아야만 했다.

그냥 쉬겠다며 사라지면 그만이 아니었기에 우금명에게 자신의 뜻을 전했다. 그리고 이제는 맹주의 직속 단체가 된 묵혼대로 우금명의 명령이 떨어졌다.

물론 그것은 적월이 자유롭게 움직일 수 있게 내려진 가짜 임무였다. 그리고 그 명령 덕분에 적월은 자신 마음대로 무림맹을 떠날 수 있는 특혜를 얻었다. 그 모든 것이 정리되자 적월은 짐을 챙겼다.

적월의 발밑에는 요마 풍천이 졸졸 따라오고 있었다. 마교 내부를 조사하는 데 필요할지도 몰랐기에 풍천도 이번 여정에 함께하기로 정한 것이다.

완전한 외지, 더군다나 마교는 무척이나 오가는 게 쉽지 않은 곳이다.

살문 살수들의 도움을 받는 것도 그리 수월하지만은 않을 게다. 그런 마교의 특성을 너무나 잘 아는 적월이기에 미리 필요한 인원을 데리고 가는 것이다.

풍천은 적월이 자신을 데리고 간다고 하자 무척이나 신이 나는 표정이었다.

적월이 풍천과 동행한 채로 막 문을 열고 바깥으로 나갔다. 그리고 그곳에는 말과 함께 서 있는 몽우가 있었다.

"준비 다 됐어?"

"그래."

적월이 짧게 답했고, 몽우는 발밑에 있는 풍천을 향해 고갯짓을 하며 말했다.

"요마 친구도 데려가게?"

"쓸모가 있을 것 같아서 데리고 가려고."

"뭐, 나쁘지 않네."

몽우가 고개를 끄덕이며 동조의 빛을 띠었다. 손 하나가 아쉬운 판국이니 풍천이라면 분명 도움이 될 것이다.

자신의 거처를 떠나기 전 적월이 슬쩍 옆쪽을 바라봤다.

다름 아닌 설화가 머무는 곳이다. 하지만 이내 적월은 고개를 돌렸다.

설화에게 별다른 말은 하지 않았다. 어딘가로 간다 만다 이야기한다는 것 자체가 적월에게는 그리 익숙지 않았기 때문이다.

적월과 몽우, 그리고 풍천은 말을 이끌고 무림맹을 벗어나기 위해 걸어가기 시작했다. 수많은 무림맹의 무인들과 만나고 지나쳤지만 개중 적월을 알아보는 이는 없었다.

그만큼 적월이 무림맹에서 알려지지 않았다는 소리다.

하지만 그랬기에 이번 마교행도 가능했다.

만약 얼굴과 이름이 알려졌더라면 마교행이 이처럼 간단하지는 않았을 것이다.

역용술도 펼쳐야 했을 것이고, 조금 더 완벽하게 계획을 짜야 했을 게다.

그러나 얼굴과 이름이 아직 알려지지 않은 덕분에 적월은 굳이 그런 귀찮은 일을 벌일 필요가 없었다.

일행이 막 무림맹을 벗어나기 위해 입구로 향할 때였다.

"이봐요."

적월과 몽우가 고개를 돌려 목소리가 들려온 곳을 바라봤다. 뒤편에서 자신들을 불러 세운 건 너무나 익숙한 얼굴, 설화였다.

둘을 멈추어 세운 설화가 다급히 다가와서 입을 열었다.

"같이 가요."

"지금 우리가 어딜 가는지나 알고 하는 소리야?"

"몰라요."

적월의 말에 설화가 즉시 대꾸했다. 그런 그녀를 향해 적월이 무엇인가 말을 하려고 할 때였다. 그보다 먼저 설화가 말을 이었다.

"자꾸 약속 어길 거예요?"

"무슨 약속?"

"전에 말했죠. 당신 옆에 있겠다고. 그런데 반년 이상 걸리는 임무를 하러 가면서 혼자 갈 생각이었어요?"

적월은 자신을 향해 예전 일까지 꺼내며 들먹이는 설화를 가만히 바라봤다.

동료 하나가 더 필요한 상황이기도 했고, 왠지 모르게 설화를 두고 가는 게 내심 마음에 걸리긴 했지만 그래도 말하지 않았다.

화룡검문을 돕기 위해 자신 스스로가 나섰던 일도 있고 하니 왠지 모르게 뭔가 더 그녀에게 어색함을 느끼고 있었기 때문이다.

자신을 바라보는 적월을 향해 설화 또한 두 눈을 크게 뜬 채로 마주하고 있었다.

남장을 하고 있지만 적월의 눈에는 항상 설화가 여인으로만 보였다. 대체 왜 남자 행세를 하는 그녀에게 속는지 이해조차 가지 않을 정도로.

적월이 천천히 입을 열었다.

"허락은 받고 온 거냐?"

"물론이죠."

"좋아. 그럼 따라오든지."

말을 마친 적월이 몸을 휙 하니 돌리고는 먼저 앞장서서 걸어 나갔다. 그리고 그런 적월의 뒤를 설화가 쫓아 걸었다.

그런 둘과 마주 선 몽우가 신명나게 웃으며 말했다.

"아무래도 우리 셋이 인연인가 봅니다. 뭉쳤다고만 하면 이렇게 셋이니 말입니다. 이왕 이렇게 된 거 저희끼리 이름이라도 만들어 볼까요? 흠, 뭐가 좋으려나…… 화화삼인방, 뭐, 이런 식? 하하!"

혼자 말하고 신명나게 웃는 몽우를 바라보며 설화가 퉁명스레 말했다.

"유치한데요."

정곡을 찌르는 설화의 말에 몽우의 웃는 얼굴이 어색하게 변해 버렸다.

무림맹 입구를 지키는 수문위사들에게 외출 용무를 말하고 있는 둘을 멀찍이서 바라보며 몽우가 중얼거렸다.

"둘만 서 있으면 뭔가 다정해 보이는데 말이야."

적월과는 뭔가 나름 까칠함을 지니고 있는 설화다. 물론 그 까칠함은 남자로 살아가기 위해 설화가 몸에 두른 가시였다.

그런데 묘하게도 둘만 놓고 보면 그런 까칠함이 별다르게 느껴지지 않는다는 생각이 들었다. 서로를 마주 보는 눈빛하며 여러 가지 부분에서.

몽우가 고개를 절레절레 저으며 다시금 중얼거렸다.
"에이, 설마."

     ＊ ＊ ＊

밤이 깊었다. 무림맹을 떠나 마교를 향한 지 벌써 삼 일이 지났다.

관도를 따라 움직인 탓에 그리 일정이 어렵지는 않았지만 근방에 있는 모든 마을을 지나쳐 버렸다. 그 탓에 일행은 늦은 저녁 말을 멈추고 노숙을 해야만 했다.

셋 모두 노숙에 익숙했기에 그들은 빠르게 역할을 나누고 일을 처리했다. 준비해 두었던 간단한 먹을거리들을 꺼냈고 추운 날씨를 대비하기 위해 불을 피웠다. 그리고 밤새 태울 장작들도 준비했다.

불 앞에 옹기종기 모여 앉은 그들은 허기진 배를 마른 고기로 대충 채웠다. 아주 잠시간의 쉬는 시간이었지만 허투루 보낼 여유는 없었다.

적월은 몽우에게 대막혈마의 무공을 전수받고 있었다. 그리고 그런 둘의 모습을 설화는 턱을 괸 채로 물끄러미 바라만 보았다.

이미 행선지는 들어서 알고 있다.

처음 마교로 간다는 말에 깜짝 놀라긴 했지만 설화는 별다른 말을 하지 않았다. 어떻게 들어갈지, 또 무슨 이유인지조차 묻지 않은 것이다. 적월이 무엇인가 생각을 하고 움직였음을 잘 알고 있어서다.

그리고 대충 설화는 그 모든 상황을 짐작할 수 있었다. 누군가의 무공을 익히고 그 사람의 후계자인 척하려고 한다는 것 정도는.

대막혈마는 중원인이 아니었다.

몽골인이었고, 또 그에 맞는 특이한 무공을 사용했다. 뜨거운 양강(陽剛)의 기운을 지녔던 대막혈마의 무공을 순식간에 주변을 태워 버리는 화공의 일종이었다.

그리고 그는 무기보다는 주로 주먹을 사용하는 자였다.

지독할 정도로 양기가 거센 무공.

적월은 그런 대막혈마의 무공을 익혀 가고 있었다. 물론 이 무공은 훌륭했지만 교주만이 익힐 수 있는 천마신공까지 익힌 적월에게는 크게 어렵지 않았다.

이미 무공에 대한 조예가 깊은 적월이다.

무공을 익힘에 있어 이해하고 이해하지 못하고의 차이는 크다. 무공이란 것은 시간을 많이 투자한다 해서 무조건 강해지는 것이 아니다.

가장 중요한 것은 묘리를 깨닫는 것.

그리고 적월은 이미 초절정의 무공을 여럿 익혀 봤기에 대막혈마의 무공의 묘리를 금세 깨우칠 수 있었다. 그 덕분에 대막혈마의 무공의 성취가 일취월장하듯이 늘어만 갔다.

반 시진 정도 몽우의 설명과 시범을 보고, 그 이후 반 시진 정도는 대막혈마의 무공을 직접 펼쳐 보는 것에 지나지 않았지만 말이다.

물론 마교에 도착할 때까지 완벽하게 익히지는 못할 수도 있다. 하지만 그래도 상관없다.

묘리를 깨우치고 겉보기만 충실해도 그럴싸하게 보일 정도는 충분할 테니까.

적월은 그렇게 한 시진 정도를 보낸 후에 가장 늦게 잠에 빠졌다.

쉬는 시간은 고작 두 시진.

한 시진 정도 눈을 붙이고 적월은 다시금 눈을 떴다.

일정이 무척이나 빡빡하다.

거의 중원의 끝자락에 있는 마교까지 가는 길이니 여유 부릴 틈이 없었다. 이런 일정이 힘겹다는 듯 몽우가 말에 올라타 긴 한숨을 내쉬며 말했다.

"하암. 오늘은 좀 편한 데서 쉬고 가자고. 이렇게 가다가는 몸 상하겠어."

"엄살은."

"어어? 너도 내 나이 되어 봐라, 삭신이 쑤시고……."

"해가 지기 전에 마을에 도착할 수 있을 거야. 거기서 좀 쉬자고. 필요한 물품들도 좀 챙기고."

"그거 희소식이로군."

몽우가 즐겁게 웃으며 말의 배를 가볍게 발등으로 두드렸다. 그리고 나머지 두 사람 또한 말을 이끌고 앞으로 나아갔다.

적월의 등 뒤에 매달려 있는 풍천은 아직도 말이 어색한 모양이었다. 적월은 그런 풍천을 힐끔 쳐다보고는 말했다.

"꽉 잡아라."

갑작스럽게 말을 내뱉는 적월을 바라보며 설화가 의문스럽다는 듯이 물었다.

"저한테 한 말이에요?"

"글쎄."

요력으로 몸을 감추고 있는 풍천이었기에 아직까지 설화는 그의 존재를 알지 못했다. 적월은 의문스럽게 대답하고는 말의 속도를 높였다.

말을 타고 달리며 적월은 잠시 생각에 빠졌다.

'슬슬 말해 줘야 하나.'

여태 요마의 존재나 지옥에 대해 일언반구 설화에게 말해 주지 않았다.

귀찮기도 했고, 또 말할 필요성을 느끼지 못했던 탓이다.

하지만 이제는 아니다.

피치 못하게 이제 요마 풍천에 대해 설화도 알게 될 확률이 높다.

이제는 때가 된 듯하다.

생각을 정리한 적월이 가장 선두에서 달려 나갔다.

그렇게 무려 네 시진을 달렸다. 점심을 먹기 위해 잠시 말에서 내린 일각가량을 빼고는 단 한순간도 여유를 부리지 않았다.

그 탓에 오후쯤 마을에 도착했을 때는 몽우랑 말 모두 기진맥진해 있었다.

물론 반쯤 엄살이긴 했지만 몽우가 말 등에 엎드린 채로 죽는 흉내를 냈다.

"아이고, 죽겠다."

"다 왔으니 방도 좀 잡고 마방에도 잠깐 들르지."

긴 여정이다. 말 한 필로 계속 가기에는 큰 무리가 따른다. 그래서 여건이 되는 한 최대한 팔팔한 놈으로 바꾸며 마교까지 갈 생각이었다.

적월과 설화, 몽우는 객잔보다 먼저 마방으로 향했다. 마방은 마을 입구에서 그리 멀지 않은 곳에 위치해 있었다.

마방에 도착한 세 사람은 말에서 내렸다.

하지만 마방이 왠지 모르게 휑해 보였다. 마구간 안에는 말 한 필 보이지 않았다. 그리고 일을 해야 하는 마사들은 코빼기도 비추지 않는다.

꽤나 큰 마을임에도 불구하고 마방에 아무런 것도 없자 몽우가 이상하다는 듯 말했다.

"왜 사람이 없지?"

적월은 슬쩍 자신들이 타고 온 말을 바라봤다.

좋은 말들이지만 이미 지친 기색이 역력하다. 며칠 동안 거의 쉬지도 못하고 달렸으니 지금쯤 한 번은 말을 바꿔 타야 앞으로 며칠간 더 이같이 내리 달릴 수 있을 터였다.

문제는 마방에 아무도 없다는 것이다.

적월은 마침 지나가는 사람이 있어 그를 붙잡았다.

"잠시 말씀 좀 묻겠습니다."

"무슨 일이시오?"

나이 지긋한 노인은 발을 멈추고 적월을 바라봤다.

그런 노인을 향해 적월이 물었다.

"마방이 이 마을에 이곳 하나입니까?"

"두 군데 더 있긴 한데…… 말 때문에 그러시는 거라면 다른 데 가도 다 소용없소이다."

"그게 무슨 말입니까?"

"이 마을에서 지금 말을 구할 수 없을 거요. 망할 놈들이 모조리 끌고 가 버렸거든."

노인이 무엇인가 화난 어조로 말했다.

적월은 그런 노인을 향해 물었다.

"그럼 근방에서 구할 만한 곳은 없습니까?"

"없소. 감찰사인가 뭔가 하는 놈이 사냥에 필요하다며 인근 마을 말들을 돈 한 푼 제대로 안 주고 모두 끌고 가 버렸소. 덕분에 그나마 마을을 찾는 손님들로 명맥을 유지하는 가게들도 덩달아 발길이 뚝 끊겼소이다. 이런 한겨울에 무슨 사냥을 한다고, 쯧쯧."

노인의 말을 들으니 대충 상황이 머리에 그려졌다.

그 감찰사라는 자가 이 마을뿐만이 아니라 근방의 마방의 말들을 거의 협박하다시피 가져간 것이다. 아마도 그 탓에 이 노인 또한 무엇인가 피해를 입은 모양이었고.

하지만 적월은 그 말에 대한 것보다 다른 것이 더더욱 궁금했다.

"감찰사라고 하셨습니까?"

"그렇소."

"그자는 어디 가면 만날 수 있습니까?"

"지금 상덕(常德)에서 머문 지 좀 됐다고 들었소이다."

갑작스레 어딜 가면 감찰사를 만날 수 있냐는 적월의 질문에 노인은 무슨 일이냐는 듯한 표정으로 바라봤다. 하지만 적월은 신경 쓰지 않고 다시금 말 위에 올라탔다.

갑작스러운 적월의 행동에 설화와 몽우가 그를 올려다봤다.

적월이 아래를 내려다보며 말했다.

"상덕으로 가자."

"뭐? 거긴 갑자기 왜 가?"

"만나고 싶은 사람이 있었는데…… 마침 상덕에 있다네?"

"감찰사를 말하는 거야?"

적월이 고개를 끄덕였다.

오래전부터 만나고 싶었다. 그리고 만나면 하고 싶은 말이 있었다.

마을 사람들을 모두 죽이고 잘 지냈냐고.

호남성 감찰사 엄등.

적월이 어릴 적 지냈던 마을의 현감이었던 엄등.

아산촌 사람들을 모두 죽게끔 만들었고, 부모님과 자신을 죽음의 궁지에 몰아넣었던 바로 그자가 바로 이 마을에서 그리 멀지 않은 상덕에 있다.

그리고 그런 그와의 만남을…… 오래전부터 기다려 왔다.

적월이 말 위에 탄 채로 노인을 바라봤다.

아직도 뭐가 뭔지 모르겠다는 듯이 서 있는 노인을 향해 적월이 말했다.

"조만간 말도 돌아오고, 손님도 돌아올 겁니다. 그럼."
말을 마친 적월이 그대로 말머리를 돌렸다.
상덕으로 간다.

第三章
감찰사

변한 게 없구나

쒜에엑!

파공음과 함께 화살 한 발이 허공을 가로질렀다. 그리고 그 화살은 정확하게 도망치는 사슴의 목에 꽂혔다.

화살에 정확하게 숨통이 끊어진 사슴이 그대로 바닥에 나뒹굴었다. 그리고 그 사슴을 향해 화살을 쏘아 낸 까칠까칠한 턱수염을 한 중년의 사내가 천천히 손을 내리드렸다.

그때였다.

짝짝.

"역시 명궁이로군."

"과찬이십니다."

중년의 사내가 고개를 돌려 누군가를 향해 고개를 숙였다.

사방이 뚫려 있는 마차에 올라타 있는 이는 무척이나 뚱뚱했다. 그리고 그런 그의 옆에는 무척이나 닮은 젊은 청년도 한 명 자리하고 있었다.

뚱뚱하고 욕심 많은 얼굴, 엄등과 그의 아들인 엄대웅이었다.

둘은 커다란 마차에 몸을 실은 채 수하들을 이끌고 사냥을 즐기고 있었다. 정확히 말하자면 그 둘은 수하들이 사냥을 하는 걸 구경만 하고 있을 뿐이었다.

그나마 엄대웅은 살짝이나마 무공을 익혔지만 아비인 엄등은 검이나 활 이런 것과 거리가 먼 자였다. 예전에 비해 훨씬 비대해진 배는 마치 지금의 권력을 말해 주는 듯했다.

아산촌의 현감으로 썩을 때와 지금의 기세는 달라도 너무 다르다. 지금 주변을 지키는 황궁무인의 숫자만 해도 백에 달한다.

호남성을 관리 감독하는 감찰사의 직에 오른 그가 아니던가. 호남 지역에서 그의 권세는 흡사 황제를 연상케 할 정도로 거대했다.

마차에 몸을 기댄 채로 엄등이 주변을 둘러봤다.

사냥을 나온 지 한 시진.

솔직히 말해 사냥에 크게 흥미가 있는 것은 아니다. 다만 자신의 권력을 뽐내기 위해 최근 들어 사냥이라는 것을 자주 벌이고 있을 뿐이다.

실제로 엄등은 사냥에 별다른 관심을 보이지 않았다.

마차에 앉은 채로 엄등은 바로 옆에 놓인 채찍에 손을 가져다 댔다. 그리고는 그 채찍으로 네 마리의 말이 달린 마차를 이끄는 마부를 향해 휘둘렀다.

찰싹.

말이 아닌 마부를 향해 떨어지는 채찍.

하지만 그 누구도 놀라지 않았다.

심지어 채찍에 맞은 마부조차 고통스러운 신음을 꾹 참았다.

이것은 일상적인 너무나 자연스러운 광경이었다.

채찍으로 마부를 후려친 엄등이 입을 열었다.

"돌아가자."

"예, 감찰사님."

고통으로 얼굴이 잔뜩 일그러졌지만 마부는 꾹 참았다. 조그마한 소리라도 냈다가는 어떤 일을 당할지 너무나 잘 알기 때문이다.

마차가 방향을 돌리자 엄등을 호위하는 백여 명의 무인들 모두 그를 지키며 따라 움직이기 시작했다.

그리고 그러한 모습을 엄등은 흡족하게 바라봤다.

'흐흐, 난 정말 운이 좋아.'

고작 일개 현감이었던 자신이다. 그때는 절대 누리지 못했을 권력을 지금 엄등은 누리고 있다. 그건 전부 자신의 뛰어난 판단 때문이었다고 엄등은 그리 생각했다.

외지의 현감으로 가면서 모든 게 끝났다 생각했다.

꿈에 그리던 더 큰 부귀영화와는 완전히 멀어졌으니까.

하지만 오히려 화가 복이 됐다. 그 외딴 마을에 이 나라의 절대 권력자인 승상의 호적수가 살고 있었을 줄이야.

승상은 엄등에게 명을 내렸다.

거사 전에 도착할 살수들을 숨겨 주고, 또 마을의 지형이나 도주할 경로들을 소상히 가르쳐 달라고.

또 혹여나 도움을 주거나 사전에 소란이 일 수도 있으니 아산촌의 모든 사람들을 미리 이동시키라고 말이다. 그리고 마지막으로 그들을 모두 죽이라는 명까지 받았다.

죽였다.

어린아이고 노인이고 할 것 없이 깡그리 모두 죽였다.

죄책감?

느끼지 못했다.

어차피 하등한 목숨들이다. 그런 목숨들로 자신이 탄탄한 성공 가도를 달릴 수 있는데 그깟 놈들 얼마 죽는 것이 무에 대수란 말인가.

오히려 이런 기회를 준 하늘에게 감사했다.

그 일을 한 덕분에 엄등이 받은 보상은 바로 감찰사라는 직책이었다.

내심 이보다 높은 관직을 원하기도 했지만…… 이제는 생각을 고쳐먹었다.

승상에게 이 일은 그다지 밝혀지고 싶지 않은 것의 하나일 것이다. 그리고 자신은 그런 비밀을 알고 있다. 괜히 자주 눈에 보여 그 일을 상기하게 한다면 오히려 승상은 자신까지 죽이려 들지 모른다.

차라리 승상과 먼 곳에서 이토록 호화로이 떵떵거리며 사는 것이 마음도 편하고 목숨도 보장할 수 있는 길이다.

거대한 마차와 백 명의 무인들이 거주지인 상덕에 도달했다. 그리고 상덕의 대로변을 장악한 채로 그들은 앞으로 나아가고 있었다.

대로를 걷던 사람들은 모두 양옆에 도열해서 고개를 숙였다. 하지만 그 안에 진심으로 고개를 숙이는 자는 단 한 명도 없었다.

모두 고개를 숙인 채로 속으로 갖은 욕설을 내뱉을 뿐이다.

엄등은 무척이나 포악했고 욕심이 많은 자였다. 고혈을 쥐어짜서라도 자기 하나만 더 부유해지면 그만이었다.

그런 자가 감찰사로 있으니 근방의 마을들이 궁핍해져 가는 건 당연했다.

 그런 그들의 속을 아는지 모르는지 엄등은 고개를 숙인 백성들을 보며 흡족한 듯 고개를 주억거렸다. 고개를 움직일 때마다 과도한 턱살과 뱃살이 흔들려 댔다.

 그때 함께 마차를 타고 있던 아들 엄대웅이 말을 걸어왔다.

 "아버지, 이번에 계집 하나 더 들이고 싶은데 호란각(湖蘭閣) 좀 비워 주면 안 돼요?"

 "쯧쯧. 또 계집질이냐?"

 한심하다는 듯이 혀를 차는 엄등을 보며 엄대웅이 웃어 댔다.

 "헤헤."

 "에잉, 실없는 놈. 대체 얼마나 들이려고 그러는 게야? 벌써 첩이 열 명이 넘는데 또 계집질이나 할 생각이 드느냐?"

 엄등에 비하면 훨씬 날씬했지만 그래도 보통 사람의 기준으로 봤을 때는 무척이나 비대한 엄대웅은 자신을 향한 질책에 볼멘 목소리로 대답했다.

 "예로부터 영웅은 호색이라고……."

 엄등이 때릴 듯이 손을 번쩍 들어 올리자 엄대웅이 입을 닫았다. 그런 그를 향해 엄등이 기가 차다는 듯이 말을 이었다.

"말이라도 못하면 밉지나 않지. 아비는 네 나이 때 벼슬길에 오르기 위해 불철주야 학문에만 열중하였거늘 어찌 내 아들이라는 놈이 이리 다를꼬."

엄등의 한탄에 엄대웅이 대꾸했다.

"에이, 아버지도 할아버지가 모은 돈으로 벼슬자리 사신 거잖아요. 저도 그러죠, 뭐."

"뭐야! 어떤 놈이 그런 돼먹지 않은 말을 해!"

엄등이 버럭 소리쳤다.

엄등은 모르고 있었다.

자신이 그렇게 화가 나서 길길이 날뛰고 있는 바로 그때 군중 사이에서 자신을 향해 있는 한 쌍의 눈이 있다는 것을.

그 시선의 주인공은 엄등과 엄대웅을 바라보며 입이 벌어질 정도로 환하게 웃고 있었다.

둘의 모습을 확인한 그는 몸을 돌려 골목길 안으로 스며들며 중얼거렸다.

"여전하네."

적월이 상덕에 들어서 있었다.

상덕은 예로부터 부유한 마을이었다.

수로가 있어 많은 배들이 오갔고, 또 근방에 산과 좋은 농

지가 있어 농업과 어업, 그리고 상업 모든 것이 발달된 곳이다.

즐비한 객잔 중 한 곳인 원강객잔에 적월과 그의 일행들이 머물고 있었다.

잠시 일이 있다고 나갔던 적월이 돌아온 것은 대략 나간지 한 시진 정도가 흐른 뒤였다. 그동안 제각기 방에서 쉬고 있던 몽우와 설화가 적월과 마주했다.

갑작스러운 행선지의 변경.

왜 그러느냐고 물었지만 딱히 대답을 듣지 못했다.

물론 이곳 상덕으로 온다 해서 행선지에서 크게 이탈하는 것은 아니다.

그저 반나절에서 하루 정도 시간이 더 소비되는 정도일 뿐이다.

다만 한시바삐 마교로 가려고 하던 적월이 갑작스럽게 이런 일을 벌였다는 게 궁금했다.

저녁 식사를 하기 위해 의자에 둘러앉아 있던 중 몽우가 다시금 물었다.

"이제 슬슬 말해 줄 때도 됐잖아. 대체 여긴 왜 온 거야? 감찰사를 보러 왔다면서 왜 객잔에 묵는 거고. 그냥 그를 찾아가면 더 편하고 좋은 데서 쉴 거 아냐."

"별일 아니라니까. 어차피 내일이면 계획대로 떠날 거고."

적월은 굳이 이야기할 생각이 없었는지 몽우의 말에 대답하지 않았다. 그도 그럴 것이 이 일은 적월의 부모님과도 관련된 일이다.

아직 전부를 신뢰할 수 없는 몽우에게 부모님에 대한 정보를 흘리고 싶지 않아서다.

별일은 아닌 것 같았지만 궁금한 건 잘 참지 못하는 몽우가 다시금 물으려고 할 때였다.

적월이 먼저 입을 열었다.

"네 이야기나 먼저 해 보시든지. 내가 도와야 할 게 있다면서 왜 계속 말 안 하는 거야?"

"엇? 그렇게 나오기야?"

몽우는 깜짝 놀란 듯한 얼굴을 지어 보였지만 그건 너무나 뻔해 보이는 장난이었다. 그날 이후 몇 차례 몽우에게 물었으나 그는 아직이라는 모호한 대답만 하며 제대로 된 답을 하지 않았다.

그러했기에 적월이 아직까지 몽우를 완전히 믿지 못하는 것일지도 모른다.

적월의 질문이 계속될 것 같자 몽우가 갑자기 자리에서 일어나며 말했다.

"뒷간 좀 다녀와야겠네."

"어이, 하던 말은……."

"그냥 기다려 줘."

몽우가 적월을 향해 웃으며 말했다.

하지만 나지막한 목소리는 장난스럽기만 한 지금과는 무척이나 다르다. 적월은 입을 닫았다. 그리고 몽우는 급하다는 듯이 뒷간이 있는 바깥으로 걸어 나갔다.

몽우가 사라지고 적월과 설화만 나란히 자리하고 있을 때였다.

잠시 망설이던 적월이 입을 열었다.

"이곳 감찰사가 그놈이야."

"……?"

그냥 적월이 뭔가 생각이 있겠지 하며 아무런 것도 묻지 않던 설화였기에 갑작스러운 그의 말에 의문스러운 표정을 지어 보였다. 그놈이라니, 그게 누구란 말인가.

적월이 말을 이었다.

"아산촌 현감 엄등."

"아…… 그랬군요."

설화가 잠시 멈칫하더니 고개를 끄덕였다.

아산촌은 설화에게 그다지 좋은 기억은 아니었기 때문이다.

아산촌 현감과 적월의 일을 잘 알고 있었기에 설화는 지금 상황을 단번에 이해할 수 있었다.

하지만 설화는 이내 궁금하다는 듯이 물었다.

"그 말을 몽 소협에게는 안 해 주시더니 왜 저한테만 해 주시는 거죠?"

"너도 이 일에 대해서는 알아야 할 것 같아서."

직접적으로 설리표의 죽음과 관련된 일은 아니지만 그래도 그곳에서 같이 큰 봉변을 당했던 당사자다. 그랬기에 적월은 설화에게 이 사실을 말한 것이다.

잠시 가만히 있던 설화가 고개를 끄덕였다. 그리고는 이내 물었다.

"어떻게 하실 생각이에요?"

"예전보다 편안하게 잘 사는 모양이더군. 아산촌 사람들과 우리 가족 모두를 죽음으로 몰아넣고는."

아주 잠시지만 적월이 상념에 잠겼다.

십수 년을 살았던 아산촌.

마음까지 준 것은 아니지만 낯이 익은 수많은 사람들의 얼굴이 머릿속을 스쳐 지나간다. 그리고 아버지와 어머니…….

그 모두가 엄등의 욕심 때문에 죽거나, 죽을 뻔했다.

마교 교주 시절보다 많이 유해진 적월이다.

하지만…… 원한은 잊지 않는다.

그들을 용서하거나 무르게 대할 생각은 눈곱만큼도 없었다.

적월이 입을 열었다.

"날 건드렸으니 대가를 치러야겠지. 오늘 밤 찾아갈 생각이다."

"감찰사라면 호위무사들도 제법 되겠는데요."

"그렇더군. 얼추 백 명은 되어 보였으니 거처엔 아마 그보다 많겠지."

감찰사를 지키는 자들이니 빼어난 무인일 것은 자명한 노릇. 하지만 설화는 별로 걱정하는 기색을 보이지 않았다.

적월이라면 그들 정도는 아무것도 아님을 잘 알고 있기 때문이다.

적월이 객잔 문을 열며 다시금 걸어 들어오는 몽우를 보며 마지막으로 입을 열었다.

"어찌 되든 조용히 끝내고 올 생각이야."

"네."

설화 또한 몽우를 보며 고개를 끄덕였다.

둘의 대화가 끝나기가 무섭게 자리에 도착한 몽우가 두 눈을 크게 치켜뜨며 말했다.

"어어, 뭐야? 내가 오자마자 갑자기 입들이 딱 붙네. 나 없는 사이에 무슨 이야기 한 거야? 치사하게 설 소협한테만 말해 준 거냐?"

"지금 둘이 한 이야기가 그렇게 궁금해?"

적월의 질문에 몽우가 고개를 끄덕이며 황급히 자리에 앉았다. 이야기해 보라는 듯이 자신을 뚫어져라 바라보는 몽우를 향해 적월이 입을 열었다.

"네 욕 한 건데 그렇게 듣고 싶어?"

"하하, 그렇게 말 돌린다 이거지?"

말을 마친 몽우가 설화를 바라봤다. 마치 표정으로 생각을 읽기라도 하겠다는 듯이 말이다. 하지만 설화는 여전히 무표정한 얼굴로 막 날아든 식사를 바라보며 입을 열었다.

"밥 먹죠."

"그러자."

마찬가지로 고개를 끄덕이며 식사를 시작하는 적월을 보며 몽우가 더듬거리며 말했다.

"뭐, 뭐야? 진짜야? 진짭니까, 설 소협?"

몽우의 질문에 설화가 그를 바라보며 대답했다.

"식사나 하시죠."

말을 마친 설화는 다시금 음식을 먹기 시작했고, 그런 둘을 바라보던 몽우가 불만스럽게 입을 열었다.

"아, 이거 무서워서 혼자선 자리도 못 비우겠네. 앞으론 화장실도 우리 손잡고 갑시다들."

몽우의 말에 적월이 피식 웃었다.

*   *   *

 높디높은 담장.

 그것은 흡사 이 안에 있는 자의 권력을 말해 주는 것만 같았다.

 감찰사 엄등이 머무는 곳으로, 어둑해진 이후에는 주변에 함부로 사람조차 돌아다닐 수 없다.

 워낙 뒤가 구린 짓을 많이 하였기에, 혹시 모를 비상사태를 대비하기 위한 엄등의 조치였다.

 아무것도 모르는 외지인이 근방을 돌아다니다 곤장을 맞은 경우도 한두 번이 아니다.

 그런 접근 금지 구역에 누군가의 그림자가 모습을 드러냈다.

 흑색의 무복을 입은 적월이었다.

 달조차 뜨지 않은 밤. 적월의 몸은 더욱더 어둠에 동화되어 있었다.

 적월은 외부인의 침입을 막기 위해 세워진 높은 담장을 단 한 번의 도약으로 우습게 넘어 버렸다.

 순식간에 안으로 들어선 적월이 몸을 낮춘 채로 주변의 기척을 살폈다.

 이곳의 경비는 무척이나 삼엄하다.

백여 명의 황궁무인, 그리고 엄등이 사적으로 고용한 자들의 숫자까지 치면 무려 오백에 달하는 자들이 기거하고 있다.

　일개 문파에 맞먹을 정도로 어마어마한 숫자다.

　하지만 제아무리 숫자가 많아도 적월의 입장에서 그들은 눈뜬장님에 지나지 않는다.

　'저쪽인 것 같은데.'

　이미 살문을 통해 내부의 지형을 모두 알고 있다.

　오가는 이가 하도 많은 곳이었기에 내부의 구조를 알아내는 건 일도 아니었다.

　엄등은 조심성이 많은 자답게 자신의 거처를 호위무사들로 겹겹이 감싸 놓았다. 엄등의 거처로 가기 위해서는 많은 자들을 뚫고 가야 했다.

　적월은 그대로 껑충 지붕을 향해 뛰어올랐다.

　기왓장 위로 떨어져 내렸거늘 적월의 발끝에서는 미세한 소리조차 나지 않았다.

　사람들의 눈을 피하기 위해 지붕으로 올라선 적월이 빠르게 움직였다.

　최대한 빠르게, 그리고 다른 이들과의 마찰은 줄이며 엄등에게 갈 생각이다.

　굳이 이곳에 있는 다른 호위무사들과 싸울 생각은 없다.

이번 일은 조용히 마무리 지을 생각이기 때문이다.

적월은 건물 건물을 뛰어넘으며 빠르게 엄등의 거처로 향했다. 아래에는 수많은 무인들이 지키고 있었지만 그들은 적월의 존재를 알아차리지 못했다.

엄등이 머무는 내원에 도착하는 것은 순식간이었다.

내원을 지키는 호위무사들 또한 그 수가 적지 않았다. 그들은 병기를 든 채로 내원 이곳저곳을 돌며 내부를 지키고 있었다.

'많이 출세했네.'

많은 자들이 지키는 모습을 보며 절로 비웃음이 흘러나왔다.

시골 마을 현감 때의 그는 몇 명의 관병들만 데리고 다녔고 그들은 무공조차 제대로 알지 못하는 자들이었다.

그에 비해 지금은 어떠한가.

수백의 무인들이 지키고 있고 많은 이들이 고개를 조아린다.

물론 그 같은 성공을 위해 그는 수백이 넘는 목숨을 팔았다.

적월의 얼굴에 차가운 기운이 맴돌았다.

이곳부터는 무인들을 제압하고 가야 한다.

적월은 조심스럽게 엄등이 머무는 곳의 지붕으로 올라가 아래쪽의 무인들을 살폈다.

입구를 지키는 자들의 숫자는 네 명.

적월의 몸이 번개처럼 쇄도했다.

"⋯⋯!"

네 명의 무인들은 놀랄 시간적 여유조차 없었다. 무엇인가가 떨어진다고 생각이 드는 순간 이미 눈앞이 새하얗게 변해 있었다.

네 명의 무인들이 동시에 쓰러졌다.

털썩.

나름 한가락 하는 자들이라 고용되었지만 제아무리 그렇다 해도 적월의 적수가 될 리 없었다. 그 네 명은 갑작스러운 적월의 기습에 눈 한 번 깜짝도 못 하고 제압되어 버렸다.

적월은 네 명을 제압하고 주변을 둘러봤다.

내원을 지키는 무인의 숫자는 얼추 삼십 명은 훨씬 넘어 보였다. 정확하게 구역을 나누고 돌아다니는 그들이 이곳 엄등의 거처를 놓칠 리가 없다.

아마도 얼마 되지 않아 이곳에도 다른 보초들이 지나쳐 갈 게다.

적월은 쓰러져 있는 네 명에게 손을 가져다 댔다.

'잘될지 모르겠는데.'

생각만 해 본 일이라 잘될지는 모르겠지만 적월은 준비해 왔던 계획을 실행하기 시작했다.

쓰러진 그들의 몸에 적월의 요력이 스며들었다.

그러자 놀라운 일이 벌어졌다.

혼절한 네 명의 사내의 몸이 스르륵 일어나기 시작한 것이다. 그리고 그들은 병기까지 쥔 채로 원래 자리에 가서 섰다.

'좋아.'

적월은 흡족한 미소를 지어 보였다.

혼절한 이들의 몸에 요력을 불어 넣어 억지로 몸을 일으켜 세운 것이다. 이들은 움직이기는커녕 아무것도 할 수 없겠지만, 적어도 지나다니는 이들의 눈에 보기에 멀쩡해 보일 것은 자명한 노릇이다.

네 명의 무인을 원래 상태처럼 보이게 만든 적월은 아무런 방해 없이 문을 열고 안으로 들어섰다.

커다란 건물답게 복도도 길었고, 내부에는 몇 개나 되는 방이 보였다.

적월은 망설이지 않았다.

성큼성큼 안으로 걸어 들어간 적월이 다른 곳에는 시선도 주지 않고 제일 안쪽으로 향했다.

이 안에서 기척이 느껴지는 유일한 곳.

엄등의 침소다.

덜컥.

적월이 문을 열어젖혔다.

자신이 온 사실을 감출 생각은 눈곱만큼도 없다.

방 안으로 들어선 적월은 침상에 드러누워 코를 드르렁 골아 대는 엄등을 발견했다. 적월은 열었던 문을 닫았다.

그러자 방 안에는 새카만 어둠만이 가득했다.

문을 걸어 닫은 적월이 소리쳤다.

"엄등!"

갑작스러운 소리에 잠에 빠져 있던 엄등이 놀라 두 눈을 번쩍 떴다.

"크, 크응!"

코를 골다가 자리에서 일어나며 기괴한 콧소리를 토해 냈던 엄등이 이내 정신을 차렸다. 그는 놀란 듯이 옆을 바라보았다. 하지만 보이는 것은 짙은 어둠뿐.

엄등이 머리맡에 놔둔 검을 뽑았다.

스르릉.

"누, 누구냐?"

비대한 그가 엉거주춤 일어나 검을 뽑은 모습이 우습기 그지없다.

내공을 쓸 수 없는 엄등이었기에 이 어둠 속에 상대의 얼굴을 보는 건 불가능했던 모양이다. 적월은 그런 엄등을 위해 천천히 탁자 위에 있는 초로 다가가 손가락을 마주쳤다.

 타악.

 그 순간 초에 불꽃이 피어올랐다.

 갑작스럽게 방 안이 환하게 밝아졌고, 잠시 눈을 찌푸렸던 엄등은 이내 상대가 누구인지 확인할 수 있게 되었다.

 긴장했던 얼굴 표정이 적월의 정체를 확인하는 순간 더욱 딱딱하게 굳어 버렸다.

 엄등이 놀란 듯이 더듬거리며 말했다.

 "너, 너는······."

 "기억하지? 내가 누군지."

 엄등은 대답하지 않았다.

 하지만 그의 표정만 보고도 이미 적월은 대답을 들은 것과 다름없었다.

 손에 들린 검을 치켜들며 엄등이 덜덜 떨며 말했다.

 "네, 네가 어떻게 살아 있는 것이냐."

 "왜? 내가 살아 있으면 안 되는 이유라도 있던가?"

 피식 웃은 적월이 여유롭게 탁자 옆에 놓여 있는 의자에 걸터앉았다.

 적월은 여유가 넘쳤고, 반면 엄등은 사시나무 떨듯이 떨고 있었다. 그의 얼굴에서는 쉴 새 없이 땀이 뚝뚝 떨어져 내렸다. 비단 얼굴뿐만이 아니다.

엄등의 전신이 땀으로 흥건했다.

그만큼 놀랐고, 또 긴장하고 있다는 소리다.

바로 그때 잔뜩 긴장하고 있던 엄등의 표정이 슬쩍 변했다. 그리고 바로 그 순간 뒤편에서 칼이 날아들었다.

차앙.

칼날은 정확하게 적월의 목젖 앞에서 멈추어 있었다. 고작 종이 한 장 들어갈 정도의 거리. 고수다.

"감찰사님, 괜찮으십니까?"

"멍청하게 보초를 어떻게 서는 거야!"

아군의 등장에 엄등의 얼굴에 화색이 돌았다.

칼날이 목에 닿아 있음에도 불구하고 적월은 별반 동요를 보이지 않았다. 애초부터 누군가가 뒤편에서 다가오고 있음을 알고 있었다.

그것도 모르고 엄등은 신이 나게 외쳤다.

"멍청한 놈! 감히 여기가 어디인 줄 알고…… 운 좋게 살았으면 쥐새끼처럼 숨어서 살 것이지 나를 찾아와? 그래 어디 한번 물어보자. 날 찾아와서 어쩔 생각이었느냐?"

엄등이 기세등등하게 묻자 적월 또한 솔직히 답했다.

"죽일 생각이었지."

"아주 간이 배 밖으로 나온 놈이구나. 그런데 어떻게 하느냐. 그 계획이 실패해서 말이야. 푸하하!"

엄등이 뱃살을 출렁거리며 웃었다.

적월은 그런 엄등을 그저 가만히 바라보았다.

궁지에서 빠져나오자 완전히 돌변한 엄등이 적월의 턱을 확 움켜잡으며 말했다.

"나머지 놈들은 어디 있느냐."

"무슨 소리야?"

"네놈 혼자 힘으로 문 앞에 수문위사들을 뚫고 들어왔을 리 없을 것 아니냐. 도운 놈들을 말해라."

적월이 엄등을 아는 것처럼 그 또한 마찬가지였다.

엄등이 아는 적월은 무공을 익히지 않았다. 동년배 중에 뛰어난 싸움 실력을 자랑한 것은 알지만, 그건 어디까지나 어린애들 주먹다짐이다.

제대로 내공을 지닌 무인에게 파락호의 주먹질이 얼마나 무력한지 잘 알고 있다.

이 안까지 들어왔다면 문 앞에 자들을 제압한 것은 분명한 노릇, 그렇다면 누군가 동조자가 있을 거라 생각하는 모양이다.

그런 엄등을 향해 적월이 물었다.

"하나 묻고 싶은 게 있었는데 말이야."

"뭘 말이냐?"

"아산촌 사람들…… 다 죽였지?"

적월의 질문에 엄등이 미소를 지으며 고개를 끄덕였다.

"그래."

"역시 그랬군. 아무도 찾을 수 없다기에 그렇게 됐을 거라 생각은 했었으니까."

"흐흐, 너희 같은 놈들은 모를 것이다. 나의 이 결단력 덕분에 감찰사라는 직위에 올랐지. 그깟 하찮은 목숨 몇 백으로 이 정도라니 나는 성공한 인생 아니더냐."

엄등을 보며 적월은 예전 그의 모습을 떠올렸다.

아산촌 사람들을 자기의 이익을 위해 노역에 끌고 가고 괴롭혀 대던 그 모습이 여전하다.

적사문에게 한 번 크게 데인 이후로 변한 듯했지만 역시나 그건 강자 앞에 고개 숙였던 것뿐 본성은 그대로였다.

적월이 그런 엄등을 향해 입을 열었다.

"네 말이 맞다."

"음?"

적월의 말에 낭황한 것은 엄등이었다.

분해하거나 뭔가 정의로운 말들을 내뱉을 거라 생각했다. 하지만 적월의 반응은 엄등이 예상한 것과 무척이나 달랐다.

적월이 말을 이어 나갔다.

"나 또한 누군가를 희생시키고 내 목적을 이룬 적이 있으니 잘 알지. 하지만 그러기 위해서는 조건이 있지."

"조건이라니?"

"네놈 그릇이 그것에 맞느냐 하는 것이다."

무슨 말을 하는지 이해 못 하겠다는 듯 자신을 바라보는 엄등을 향해 적월이 말했다.

"그들을 희생시키고 오른 감찰사라는 자리가…… 너에게 어울리지 않는군."

퍼엉!

적월의 주먹이 검을 겨누고 있던 무인을 후려쳤다.

단 일장에 그는 그대로 벽에 틀어가 박혔다. 그리고는 검을 떨어트리며 혼절해 버렸다.

적월이 의자에서 천천히 일어났다.

갑작스레 돌변한 상황에 엄등의 표정은 또다시 처음처럼 변해 있었다.

놀람과 두려움이 섞인 묘한 표정.

엄등이 벽에 처박힌 황궁무인을 바라보며 더듬더듬 말했다.

"어, 어떻게 이런 고강한 무공을……."

"그거야 네가 알 바 아니고."

적월이 요란도를 꺼내어 들었다.

도에서 뿜어져 나오는 광채를 보는 순간 엄등은 더는 서 있을 힘을 잃어버렸다.

그가 놀란 듯이 털썩 주저앉았다.

적월이 요란도를 들어 올리자 엄등이 살기 위해 황급히 말했다.

"이보시게! 나 또한 그 결정은 쉽지 않았다네. 어찌 나도 사람인데 그런 결정을 하겠는가. 나는 다만 승상이 내린 명을……."

"이야기가 금방 달라지네."

적월이 불쾌한 표정을 지어 보였다.

살기 위해 거짓말을 해 대는 그 모습에 죽어 버린 아산촌 사람들마저 불쌍하다는 생각이 들 지경이다.

적월이 퉁명스레 말했다.

"악당이면 끝까지 악당답게 그렇게 죽어. 끝까지 뻔뻔해야 먼저 죽은 그들을 볼 낯도 있지 않겠어?"

"제발 살려 주게나."

엄등은 싹싹 빌었다.

하지만 적월은 용서할 생각이 없었다.

"무공을 모르는 사람을 죽이는 게 별로 내키진 않지만…… 넌 예외야. 나와 우리 부모님을 건드렸거든."

말을 마친 적월은 발목을 잡으려는 엄등을 향해 요란도를 휘둘렀다. 날아든 요란도가 그대로 엄등의 목을 자르고 지나갔다.

적월은 엄등의 목을 베고는 요란도에 묻은 피를 털어 냈다. 그리고는 적월은 품 안으로 손을 넣어 묵직한 전낭 하나를 꺼내어 들었다.

툭.

꽤나 많은 돈이 들어 있는 전낭을 죽어 버린 엄등의 옆에 던진 적월이 나지막이 말했다.

"노잣돈이다. 너에게 주는 게 아닌 아산촌 사람들에게 주는. 그러니 가지고 가서 그들을 위해 써. 내 말을 무시하면 아마 지옥에서도 그리 편하지는 않을 거야."

의미심장한 말을 남긴 적월이 천천히 엄등의 거처를 걸어 나왔다.

여전히 입구에는 적월의 요력으로 일으켜 세워 둔 네 명이 꼿꼿이 자리하고 있었다. 적월이 요력을 거두자 그들은 다시금 자리에 쓰러졌다.

적월이 달조차 없는 새카만 하늘을 올려다봤다.

비사문을 부쉈고, 엄등마저 죽였다.

그럼 부모님의 복수를 위해 남은 건 단 한 명.

승상 주천영뿐이다.

第四章
마교

돌아왔다

　신강 천산(天山)이 새하얗다.

　지독하게 내린 눈 때문이다.

　뽀드득.

　누군가의 발자국이 천산 한 자락, 잔뜩 쌓인 눈 위에 수놓아시기 시작했다. 발자국의 주인공은 바로 적월, 그리고 그와 함께 움직인 설화와 몽우였다.

　마교가 있는 천산에 드디어 이들이 도착한 것이다.

　적월은 일행들을 이끌고 앞장서서 걸어 나가고 있었다.

　수십 년 만에 온 곳, 하지만 이 천산에서 살아온 시간이 있다. 그런 적월에게 이곳은 무척이나 낯익고 익숙했다.

한참을 천산을 거슬러 올라가던 적월이 잠시 발을 멈추었다. 그리고는 말없이 주변을 둘러봤다.

이 부근이다.

'우습군. 내가 죽었던 곳에 다시 서게 될 줄이야.'

적월은 자신도 모르게 실소가 흘러나오는 걸 감출 수가 없었다.

바로 이곳이 적월 자신이 죽었던 곳이 아니던가. 자신이 죽었던 곳에 다시 서게 되니 뭔가 묘한 감정이 가슴에 차오른다.

그와 더불어 자신이 이제 정말 마교로 돌아왔음을 실감하기도 했다.

"뭘 그렇게 웃어?"

뒤쪽에서 따라 걷던 몽우가 적월의 옆에 나란히 서며 물었다. 그러자 적월이 대수롭지 않게 그의 말을 받았다.

"아, 그냥 옛날 생각이 좀 나서. 그때도 이렇게 눈이 가득했는데 말이야."

말을 마친 적월은 다시금 발을 옮겼다.

이제 마교의 본거지가 그리 멀지 않았다.

* * *

마교는 그저 무인들이 모여 있는 곳이 아니다.

그곳은 셀 수 없이 많은 사람들이 어우러져 살아가는 삶의 장소다. 무공을 모르는 수만 명의 사람들이 머물고, 또 무인들도 있다.

물론 보통 사람이 머무는 것은 외성에 불과하다. 내성에 들어가기 위해서는 특별한 조건을 갖추어야만 한다.

외성은 여러 가지 필요한 물품들을 파는 장사꾼들도 있고, 노점, 음식을 팔고 머물 수 있는 객잔 등 보통 마을과 다를 게 없다.

물론 그 규모가 어떠한 곳에도 비견하기 힘들 정도로 크긴 했지만.

몽우 덕분에 어렵지 않게 외성에 들어선 이들은 마교의 거리를 걷고 있었다.

수도 없이 오가는 사람들을 보며 설화는 내심 신기한 눈치였다.

너무나 평범해 보이는 이 사람들도 마교의 일원이라 생각하니 뭔가 이상한 느낌인 모양이다.

"너무 두리번거리지 마."

적월이 퉁명스레 말하자 설화도 고개를 끄덕였다.

비록 보통 사람들이 가득한 곳이지만, 이곳이 마교라는 걸 잊어서는 안 된다. 많은 곳에 마교의 무인들이 숨겨져 있고,

또 그들은 내부의 일 모두를 감시하고 있다.

몽우가 적월을 쳐다보며 말했다.

"우선 짐 좀 풀고 앞으로의 계획에 대해 이야기를 좀 해야겠는데…… 어디가 좋겠어?"

적월에게 그러한 걸 묻는 몽우의 행동에 설화가 이상하다는 듯 바라봤다. 하지만 적월은 그런 둘의 행동에 신경 쓰지 않고 대답했다.

"따라와. 자주 가던 곳이 있으니까."

말을 마친 적월이 다시금 성큼 앞으로 걸어 나갔고 그런 그를 설화가 이해하기 어렵다는 표정으로 응시했다.

이곳 마교가 있는 천산을 올라오는 내내 들었던 의문이다.

적월은 이곳을 너무 잘 알고 있다.

비록 어릴 때 머물던 아산촌이 청해성에 위치하고 있다고는 하지만 그곳과 천산은 너무나 멀다. 더군다나 적월이 마교에 올 일이 있었을 리가 없다. 하지만 그럼에도 불구하고 너무나 익숙한 모습이 설화에게 의문이 들게 만든 것이다.

하지만 항상 아무것도 묻지 않으려 하는 설화였기에 이번 일도 그녀는 내색하지 않았다.

그렇게 세 명은 적월을 필두로 어딘가로 향했다.

이내 그들이 도착한 곳은 겉보기에도 무척이나 화려해 보이는 객잔이었다.

천하객장이라 이름 붙여져 있는 그곳으로 적월이 익숙한 발걸음으로 들어섰다.

무려 팔 층으로 이루어진 이 객잔은 마교가 있는 이곳에서도 한 손으로 꼽는 곳이다. 천하객잔 안으로 들어서자 기다렸다는 듯이 젊은 점소이 하나가 입구에서 인사를 건넸다.

"어서 오십시오."

고개를 숙였던 점소이가 고개를 들었다.

점소이는 빠르게 세 명의 겉모습을 살폈다.

일류 객잔답게 일하는 점소이 또한 어느 정도 눈치가 있어야 한다. 그리고 사람을 기억하는 눈썰미도 보통이 아니어야 했다.

'처음 보는데……'

천하객잔은 처음 오는 손님들을 그리 반기지 않는다. 이곳은 음식 가격도 다른 일반 객잔에 비해 몇 배이고, 머무는 것 또한 마찬가지다. 멋모르고 들어서는 자들을 입구에서 내치는 것이 이 점소이의 임무이기도 했다.

수도 없이 오가는 많은 사람들, 하지만 점소이는 한 번 본 자는 결코 잊지 않았다. 그 능력 덕분에 입구를 지키는 역할까지 맡지 않았던가.

하지만 무작정 처음 오는 손님이라고 내치는 것은 아니다. 그리고 이들이 바로 그 경우에 해당됐다.

세상 물정 모른다 생각될 정도로 젊은 자들.

하지만 문제는 이들 세 명에게서 풍겨져 나오는 기품이다. 뛰어난 외모뿐만이 아니라 귀하게 자란 티가 역력한 그런 모습.

이런 자들은 문전박대해서는 아니 된다.

점소이가 고개를 조아리며 물었다.

"처음이신 것 같은데 저희 객잔의 구조를 말씀드리자면······."

"됐고 팔 층, 아니, 칠 층에 방 하나 내줘."

적월이 짧게 말했다.

적월은 대수롭지 않게 말했지만 당사자인 점소이는 조금 달랐다. 그가 놀란 듯이 되물었다.

"치, 칠 층 말입니까?"

"왜? 방 비어 있을 것 아냐."

"그렇긴 합니다만."

점소이는 곁눈질로 적월을 살폈다.

분명 처음 보는 자다.

하지만 말하는 것을 보아하니 이곳 천하객잔에 어느 정도 와 본 적이 있는 듯했다. 사람 기억하는 것만큼은 그 누구에게도 뒤지지 않는다 생각하는 자신의 기억에 없는 자.

'역용술이로군!'

점소이는 스스로 그리 생각했다.

물론 그럴 만도 했다.

적월이 이곳을 드나들 때 이 점소이는 갓 젖을 뗐을 정도였고, 또 얼굴 자체가 완전히 바뀐 적월이다. 그 누구라고 해도 지금 이곳에서 적월을 알아볼 이는 없다는 소리다.

곁눈질해 대는 점소이를 보며 적월이 귀찮다는 듯 전낭 안에 있는 은자를 슬쩍 그에게 보여 줬다.

"됐어?"

"무, 물론입니다. 모시겠습니다."

말을 마친 점소이는 다른 자를 손짓해서 부르더니 이내 그에게 귓속말을 중얼거렸다.

명을 받은 다른 점소이가 세 사람 앞에 와 예를 취하더니 이내 앞장서서 계단을 올라가기 시작했다. 그 뒤를 쫓으며 몽우가 주변을 두리번거렸다.

호화롭게 꾸며진 외벽, 그리고 벽에 걸려 있는 그림들은 보통 물건들이 아닌 듯하다.

몽우가 중얼거렸다.

"까다로운 이유가 있네."

그런 몽우의 중얼거림과 함께 그들은 이내 칠 층에 도착할 수 있었다. 그리고 칠 층에서 팔 층으로 이어지는 바로 그곳에는 무인으로 보이는 자가 자리하고 있었다.

마치 이곳보다 위는 함부로 드나들 수 없다는 듯이.

중년을 넘어선 그자는 힐끔 칠 층에 올라선 이들을 바라봤다. 하지만 이내 관심 없다는 듯 시선을 끊었다.

적월은 그런 무인을 보고는 피식 웃었다.

'변하지 않았군.'

마교는 많은 게 변해 있었다.

걸어오는 종종 새로운 건물들도 많았고, 길도 조금이지만 달라졌다. 그렇지만 그대로인 건 여전히 그대로였다.

바로 이 무인처럼.

용무련 시절 자주 드나들던 천하객잔.

그곳을 지키던 젊은 무인. 하지만 이제 그는 더 이상 젊지 않았다.

반갑게 인사라도 하고 싶었지만…….

적월은 몸을 돌렸다.

점소이의 안내를 받아 간 곳은 칠 층의 안쪽 부근에 있는 방이었다. 커다란 문을 열고 안으로 들어서자 휘황찬란한 내부의 모습이 그대로 들어왔다.

적월이 방 안으로 성큼 들어서며 점소이에게 말했다.

"자신 있는 음식들로."

"예, 나리. 그럼 물러나겠습니다."

말을 마친 점소이가 문을 닫고 사라졌고, 이내 몽우는 그대로 짐을 던지고 바닥에 벌렁 누워 버렸다.

그는 자신의 팔다리를 주무르며 엄살을 부려 댔다.

"아이고, 삭신이 안 쑤시는 곳이 없네."

적월은 방 중앙에 대자로 드러누운 그를 발로 툭툭 치고는 이내 자리에 앉았다. 그리고 설화 또한 오랜 여정에 지쳤는지 말없이 벽에 기대어 앉았다.

누워 있던 몽우가 몸을 반쯤 돌려 엎드리고는 적월에게 물었다.

"가장 위인 팔 층으로 안 하고 어쩐 일이야?"

"팔 층은 아무나 못 들어가. 돈으로 해결할 수 있는 건 칠 층까지야."

이곳 천하객잔의 칠 층은 적월에게 그리 익숙하지 않았다. 마교 교주였을 때 당연히 그는 팔 층만 가곤 했으니까. 하지만 지금의 적월에게 팔 층은 오를 수 없는 곳이다.

팔 층은 돈이 아닌 힘이 필요하다.

마교의 높은 자만이 갈 수 있는 곳. 그곳이 바로 천하객잔의 팔 층이다. 자신도 모르게 팔 층을 이야기하다 이내 칠 층으로 바꾼 것은 바로 그 탓이다.

말을 끝낸 적월이 슬쩍 설화를 바라봤다.

뭘 생각하는지 알 수 없는 표정으로 설화는 그렇게 자리에 앉아만 있었다. 그런 그녀를 바라보던 적월이 이내 옆에 있는 풍천을 슬쩍 바라봤다.

요마인 그 또한 천산을 오르며 기진맥진했는지 거의 쓰러져 있는 상태였다.

적월이 입을 열었다.

"풍천, 일어나."

갑작스럽게 자신의 이름을 부르자 풍천은 화들짝 놀랐다. 그 이유는 다름 아닌 설화 때문이었다.

놀란 풍천과 달리 설화는 뚱한 표정으로 적월을 바라봤다.

그녀가 물었다.

"누구한테 하는 말이에요?"

적월은 몽우와 설화를 번갈아 바라봤다.

몽우는 알겠다는 듯이 그저 미소만 짓고 있을 뿐이었고, 설화는 지금 상황을 몰랐기에 별다른 동요를 보이지 않고 있었다.

적월 스스로가 슬슬 모든 걸 이야기를 할 때라 생각한 것이다.

"음식 나오는 데 시간이 좀 걸리니 그 전에 내 이야기를 좀 하려고 하는데."

적월의 말에 몽우가 싱글싱글 웃으며 턱을 괴고는 고갯짓을 해 댔다. 그러며 그가 말했다.

"어서 해 봐."

"넌 이미 다 알잖아?"

"무슨 소리예요?"

둘이 대화에 설화가 되물었다. 그리고 적월이 그런 그녀를 향해 이야기를 시작했다.

"궁금할 거 아냐, 내 정체에 대해서."

"……."

설화는 적월의 말에 대답하지 못했다.

사실이다.

요괴들을 끄집어내고, 또 인간 같지 않은 무위를 뽐내는 적월의 모습에 어찌 궁금증이 없을 리 있겠는가. 있지만 그저 입을 꾹 닫았을 뿐이다.

적월은 잠시 어디부터 이야기해야 하나 고민하다 이내 마음을 정했는지 입을 열었다.

"지금 내 이름은 적월이지만 전생의 내 이름은 용무련이었다."

적월의 한마디에 설화는 일순 말문이 막혔다.

전생이라니? 그리고 용무련이라면…….

어디선가 들어 본 이름. 설화는 이내 그 이름을 기억해 냈다.

"설마…… 마교 교주 용무련?"

"맞아. 난 그 용무련의 환생이다."

설화가 충격을 받은 얼굴로 적월을 바라봤다.

이 무슨 말도 안 되는 소리인가. 용무련이라니? 환생이라니?

선뜻 믿을 수 없는 것은 당연했다.

아마도 다른 사람이었다면 당장에 미친놈 취급 하며 무시했을지도 모른다. 하지만 설화는 그러지 않았다. 적월의 옆에서 인간으로 할 수 없는 행동을 봐 왔던 그녀다.

보통 인간이 아닐 거라는 걸 애초부터 알지 않았던가. 다만 알면서도 직접 들으니 그 충격이 보통이 아니다.

적월이 말을 이어 나갔다.

"마교의 지리에 익숙한 것도, 내 무공이 마교의 것을 기반으로 하는 것도 바로 그 때문이지."

적월이 몽우 앞에서 이 같이 전생에 대해 털어놓는 이유는 간단했다.

이미 그는 알고 있으니까.

처음 만났을 때 환마장과 관련 있다는 걸 알았으니 마교의 인물이라는 것 정도는 예측했을 것이다. 그리고 얼마 전 단창묘호리와의 싸움.

단창묘호리는 적월의 요란도를 알아봤다. 그리고 적월의 정체도 알아차렸다. 비록 싸우는 와중이었다 하지만 그때 그가 내뱉은 말을 몽우가 듣지 못했을 리가 없다.

그 탓에 적월은 이렇게 함께 있는 자리에서 자신의 정체를 솔직히 드러낸 것이다. 몽우가 무슨 생각인지는 몰라도 과거의 일로 자신의 발목을 잡을 수 없다는 걸 잘 아는 탓이기도 했다.

설화가 잠시 생각을 정리하고는 물었다.

"잠시만요. 그러니까 당신은…… 다시 살아났다는 거잖아요? 그게 어떻게 가능하죠?"

"염라대왕이 손을 썼거든."

"염라대왕이요? 어째서요?"

"나에게 임무를 하나 주더군."

적월이 잠시 뜸을 들이다 말을 이었다.

"명객이라는 놈들을 죽이라고."

"명객이요?"

처음 들어보는 말에 설화가 되물었고 적월이 답했다.

"그런 놈들이 있어. 죽어야 하는데 억지로 살면서 이승의 질서를 흩트려 대는 놈들."

적월의 말이 끝나기가 무섭게 몽우가 자신을 가리키며 말했다.

"그리고 그 명객 중 하나가 납니다, 설 소협."

"뭐라고요?"

몽우의 말에 감정의 동요를 크게 보이지 않는 설화의 표정조차 변했다. 적월의 말대로라면 죽여야 할 자가 아닌가.

그런 자와 지금까지 함께 하고 있었다니…… 대체 지금 상황이 어떻게 돌아가고 있는지 설화로서는 선뜻 이해가 가지 않았다.

그리고 적월이 손가락을 퉁기며 말했다.

"풍천, 모습을 드러내."

"하, 하지만……."

풍천의 중얼거림은 설화의 귀에 들리지 않았다. 요괴의 요력은 모습뿐만이 아니라 목소리나 기척까지 모두 없앤다.

잠시 망설이던 풍천이었지만 이내 어쩔 수 없다는 듯 두 눈을 질끈 감으며 몸을 감추고 있던 요력을 지웠다.

그러자 풍천의 모습이 갑작스럽게 설화의 눈앞에 나타났다.

자신의 발밑에 갑작스레 등장한 풍천의 모습에 설화가 깜짝 놀라 뒤로 물러서려 했다. 하지만 이미 벽에 기댄 상태, 그녀는 그 자리에서 움직일 수 없었다.

풍천이 설화를 보며 인사를 건넸다.

"직접 뵙는 건 처음이네요. 풍천이라고 합니다."

놀란 가슴을 이내 진정시킨 설화는 손가락으로 미간을 눌렀다.

갑작스럽게 알게 된 수많은 진실들이 그녀의 머리를 지끈거리게 만들었다.

※　　　※　　　※

마교에 도착한 지 이틀이라는 시간이 흘렀다.

그 이틀 동안 적월과 설화는 천하객잔에서 머물렀다. 바깥 외출도 하지 않는 둘과 다르게 몽우는 무언가 바삐 움직였다.

이곳 마교에서 있을 일을 준비하기 위해서였다.

이틀 동안 천하객잔에 머물며 설화는 이제 풍천에게 조금은 익숙해진 모양이었다. 처음에는 요마라는 존재에 대해 이질감을 느꼈지만, 풍천은 생각했던 것과는 달리 흉포하지도 않았고 오히려 귀엽기까지 했다.

명객인 몽우와는 거리를 두는 것과 달리 풍천은 설화에게 무척이나 살갑게 굴었다.

이렇게 인간과 대화를 하게 된 것이 내심 좋은 모양이었다.

지옥의 규율상 인간과의 대화는 금지되어 있다.

하지만 지옥왕인 적월이 시켰으니 풍천으로서는 그저 명령을 따르는 것이라 편하게 생각하면 그만이었다.

흡사 강아지처럼 졸졸 따라다니며 풍천이 계속해서 설화에게 말을 걸었다. 대부분이 풍천이 떠들고 설화는 가볍게 맞장구를 쳐 주는 수준이었다.

얼마 지나지 않아 바깥으로 나갔던 몽우가 돌아왔다.

심드렁하니 누워 있던 적월이 그의 등장에 자리에서 일어났다. 오늘쯤이면 일이 다 해결될 거라 말했던 몽우 때문이다.

몽우가 싱글거리며 방 안으로 들어섰다.

"어떻게 됐어?"

"급하긴."

적월의 질문에 가볍게 핀잔을 주며 몽우는 자리에 앉았다. 그리고는 적월을 바라보며 대답했다.

"슬슬 준비해."

"된 거냐?"

"물론이지. 조만간 사람들이 찾으러 올 거야."

적월은 말을 듣는 즉시 준비해 두었던 천으로 요란도를 감쌌다. 새로이 태어난 적월은 그 누구도 알아보지 못할 것이다. 하지만 요란도는 다르다.

적월은 알아보지 못해도 요란도는 알아볼 공산이 크다.

마교에 있는 동안 적월은 최대한 요란도를 드러내지 않을 생각이다. 이 도를 본다면 모두가 전대 교주인 용무련을 기억하게 될 게 자명하다.

물론 그렇다 해서 자신과 용무련을 연관시키지는 않겠지만 수상히 여길 수 있는 노릇이다. 용무련과 관련 있는 자라면 지금의 마교에서 환영받지 못할 것은 뻔하지 않은가.

적월이 요란도의 모습을 감추고, 차 한 잔 정도 마실 시간이 지났을 무렵이었다.

발자국 소리가 들려오기 시작했다.

적월이 자리에서 일어났다.

이제 몽우가 준비해 둔 사람과 함께 마교에 들어갈 것이다. 그리고 적월은 마교 내부에 있는 명객들과, 전생에서 자신의 뒤통수를 쳤던 자들을 찾을 생각이었다.

문이 열렸다.

덜컹.

화려한 환영을 생각했다.

하지만 문을 열고 모습을 드러낸 이들의 얼굴 표정은 결코 그렇지 않았다.

흑색 무복을 입은 자들의 얼굴에는 흉흉한 기운이 감돈다. 당장에 적월에게 달려들 것만 같은 살기도 넘친다.

생각과는 정반대의 상황에 적월이 몽우를 슬쩍 바라봤다. 하지만 몽우는 여전히 웃고만 있을 뿐 별다른 설명을 하지 않았다.

십여 명의 사내들이 방 안에 있는 자들을 바라보다 천천히 입을 열었다.

"대막혈마의 후계자라는 놈이 누구냐."

"나이긴 한데……"

적월이 슬쩍 운을 띄우며 상대의 의중을 파악하려 했다.

대막혈마의 후계자로 환영받으며 들어가고자 했다.

하지만 이들의 모습에서는 결코 그런 기색이 보이지 않았다.

흑색 무복을 입은 그들이 적월에게 고갯짓을 하며 말했다.

"따라 나와라. 도망치려 든다면 용서하지 않겠다."

말을 마친 그들이 먼저 몸을 돌려서 걸음을 옮겼고, 적월은 지금 상황이 이해가 안 간다는 듯 몽우에게 다시금 시선을 던졌다.

이건 환영이 아니다.

흡사 시비를 거는 모습이 아닌가.

하지만 지금 저들의 정체가 무엇인지 잘 아는 적월이다.

등 뒤에 흰색 실로 수놓아진 용.

흑룡전대(黑龍戰隊)다.

마교의 무력 단체 중 하나로 결코 시정잡배처럼 사람들에게 시비를 걸고 다닐 놈들이 아니다. 물론 시간이 지나 변했을지 모르겠지만 적어도 적월이 있을 때만큼은 그랬다.

몽우에게 상황이 어떻게 된 거냐고 물으려 할 때였다.

흑룡전대의 무인 중 하나가 방 안을 바라보며 버럭 소리쳤다.

"어서 안 나와!"

"……"

적월이 표정을 구겼다.

마교에 돌아온 지금 적월은 예전 교주 시절의 자신을 떠올리고 있었다. 그런 자신에게 고작 흑룡전대의 일개 무인 따위가 소리를 지른다?

그건 있을 수 없는 일이다.

적월이 기분 나쁜 얼굴로 말했다.

"기다려."

말을 마친 적월이 그대로 발걸음을 옮겼다. 그리고 그런 그의 뒤를 다른 이들 모두가 쫓아 걸었다. 흑룡전대는 객잔 앞에서 기다리고 있었고, 이내 그들은 어딘가를 향해 앞장서서 걸어 나갔다.

넓은 공터에 이르자 흑룡전대가 발걸음을 멈췄다.

그들이 몸을 돌려 적월을 바라보며 말했다.

"네놈이 여기저기 대막혈마의 후계자라 떠들고 다닌다던데 사실이냐?"

생전 처음 듣는 말에 적월은 다시금 몽우를 바라봤다. 뻔

질나게 바깥출입을 해 대던 몽우가 벌인 일이리라.

적월은 우선 고개를 끄덕였다.

"사실이니까."

"미친놈. 우리가 너 같은 놈을 한두 명 보는 줄 알았더냐."

적월에게 말을 하는 자는 얼굴에 긴 검상이 있는 사내였다. 나이는 서른 중반 정도. 그리고 그가 말을 할 때 모두가 입을 닫는 것을 보아하니 이자가 이 무리의 수장임이 분명했다.

그 사내가 말했다.

"여기서 앞으로는 그 같은 허언을 지껄이지 않겠다고 약조하면 몸 성히 보내 줄 것이고, 만약 그렇지 않으면……"

더 길게 이야기할 것도 없다는 듯 그는 허리춤에 있는 검을 반쯤 끄집어냈다.

무력을 보여 주겠다는 뜻이다.

하지만 적월도 물러서지 않았다. 이제야 어느 정도 상황이 이해가 가고 몽우가 무슨 짓을 하고 다녔는지도 알겠다.

적월의 몸 주변에서 갑작스럽게 불꽃이 일었다.

대막혈마의 무공 화염만겁혈광신공(火焰萬劫血光神功)이다.

불꽃과 함께 적월의 두 눈동자도 붉게 물들었다.

그리고 동시에 손바닥도 새빨갛게 변했다.

이것이 바로 화염만겁혈광신공의 특징이다.

적월이 입을 열었다.

"애송이들이 감히 나를 시험하려 들어?"

기백이 주변을 압도해 들어 간다.

갑작스레 돌변한 적월의 모습에 검을 꺼내어 들었던 흑룡전대의 무인들의 얼굴에는 당황한 기색이 역력했다.

흑룡전대는 마교에서도 알아주는 놈들이다.

빼어난 실력을 지녔다는 것은 그만큼 상대를 보는 눈도 있다는 소리. 지금 적월이 대놓고 드러내는 무위를 몸으로 체감하지 못할 정도의 둔재는 이곳에 아무도 없었다.

적월이 일장을 내려치려고 하는 바로 그때였다.

"그만!"

고함소리와 함께 흑룡전대 무인들이 황급히 검을 집어넣었다.

애초부터 적월은 누군가가 멀리에서 이쪽을 보고 있다는 사실을 알고 있었다. 그 사실을 눈치챘기에 지금 이 상황이 자신을 시험해 보려는 것이라는 걸 알아차릴 수 있었던 것이다.

알면서도 적월은 일부러 기운을 거두지 않았다.

뜨거운 열기를 푹푹 내뿜으며 적월은 소리가 난 곳을 바라봤다.

그곳에서는 흑색 섭선을 든 노인 하나가 다가오고 있었다. 혹시나 했거늘 역시나였다.

세월은 흘렀지만 알아보지 못할 얼굴이 아니다.

흑룡전대 대주 구절명도(九絕命刀) 패천악(貝天惡).

예전의 얼굴을 그대로 지니고 늙은 패천악을 보니 적월은 자신도 모르게 아는 척을 하고 싶을 정도였다. 도법을 사용하는 자로 적월과도 어느 정도 친분이 있었던 자다.

적월은 그런 속내를 감추고 무뚝뚝하게 물었다.

"누구십니까?"

"허허, 패천악이라고 하네."

"구절명도 패천악 어르신이란 말씀입니까?"

"그렇다네. 그 아이들은 내 휘하에 있는 흑룡전대인데 조금 결례가 있었던 모양이군."

적월은 한층 누그러진 듯이 기운을 죽였다.

하지만 아직 분이 안 풀렸다는 듯이 말했다.

"왜 이들을 시켜 절 도발하셨는지 여쭈어도 되겠습니까?"

"알아야 하니까."

"알다니요?"

이미 다 눈치챈 상태였음에도 불구하고 적월은 일부러 되물었다. 그리고 그런 적월을 향해 패천악이 대답했다.

"자네가 정말 대막혈마의 무공을 이어받은 자인지, 아니면 무수히 많은 가짜 중 하나인지 말일세."

"그래서 확인하셨습니까?"

"물론이네. 그러니 멈추게 했지. 자네와 싸웠다가 내 수하들이 크게 다칠 것 같아서 말이네."

적월은 그제야 모든 내력을 거두었다.

그리고 그런 적월을 향해 패천악이 웃으며 말했다.

"이해가 빠른 친구로군."

"그분은 멍청한 인간은 경멸했으니까요."

"호오."

대막혈마에 대한 말에 패천악이 흥미가 동한다는 표정을 지어 보였다. 하지만 이내 패천악은 섭선을 펼쳐 보이며 말했다.

"그럼 따라오게나."

"그러지요."

적월이 예를 갖추며 대답했다.

물론 자신이 패천악에게 이런 행동을 한다는 것 자체가 마음에 들지는 않았지만 지금으로서는 감수해야 할 일이다.

아직 복수는 시작도 하지 않았다.

그 모든 걸 끝마칠 때까지 적월은 어느 정도 예의 바른 청년의 가면을 쓸 생각이다.

패천악을 필두로 흑룡전대 무인들은 적월과 설화, 몽우를 보호하듯이 둘러쌌다. 그리고 그런 안내 속에 세 명은 마교의 내성을 향해 나아갔다.

그들은 이내 마교의 외성과 내성을 가로막고 있는 성벽에 도달했다.

철옹성(鐵甕城).

그것은 이 말로밖에는 표현할 수 없었다.

벽은 높았고, 곳곳에 마교의 무인들이 지키고 서 있었다. 외인들의 침입을 불허하는 곳. 바로 진짜 마교에 도달한 것이다.

마교의 정문으로 다가간 일행은 수문위사들에게 가로막혔다.

패천악을 확인한 그들은 먼저 예를 취했다.

패천악이 그들을 향해 입을 열었다.

"흑룡전대 대주 패천악, 임무를 완수하고 돌아가는 길이다."

수문위사는 먼저 명부를 확인했다.

그리고는 이내 고개를 끄덕였다. 그 순간 굳게 닫혀 있던 마교의 문이 열렸고, 그 길을 통해 일행들은 마교 내부로 들어설 수 있었다.

그저 벽 하나로 가로막혀 있었을 뿐이거늘 공기마저 다른 느낌이다.

적월은 눈길이 닿는 수많은 것들을 보며 짧은 감회에 젖었다. 이 모든 것들이 너무나 익숙하다. 시간이 흘렀거늘 이곳은 변하지 않은 모양이다.

마교 내부까지 안내를 마치자 패천악이 무리에서 떨어져 나오며 수하들에게 말했다.

"귀빈들을 모시도록 해라. 나는 이번 일을 상부에 보고하고 올 테니."

"알겠습니다."

수하에게 명을 내린 패천악이 적월을 바라보았다.

"잠시 쉬고들 계시게나. 내 금방 다시 찾아가지."

"그리하시지요."

"아마 한동안 바쁠 게야. 자네를 궁금해하는 분들이 참 많아서 말이야."

"그렇습니까?"

적월이 듣는 둥 마는 둥 하며 대답했다.

마교 내부에 들어서니 여러 가지 생각들이 샘솟는 탓이다.

그런 그의 귀에 패천악의 목소리가 들려왔다.

"특히나 교주님께서는 어찌나 자네에 대해 궁금해하시는지 정말 대막혈마의 제자라면 바로 데리고 오라고 성화시더군. 아마 조만간 교주님도 뵐 수 있을 걸세."

패천악의 말에 적월이 두 눈가가 슬쩍 미동했다.

"교주님이 저를 말입니까?"

"왜 그러는가?"

"너무 뵙고 싶었던 분인지라 기대가 돼서 그럽니다."

적월의 얼굴에 미소가 걸렸다.

이렇게 빠르게 만나게 될 줄은 몰랐다.

무림맹과 마교는 달라도 너무 달랐다.

무림맹은 격식과 절차가 있는 반면 마교는 조금 달랐다.

힘을 추구하는 그들이었기에 이같이 외부인을 바로 만나겠다고 말도 하는 것이다.

무림맹주를 만나는 건 힘들었지만 마교 교주를 만나는 건 그렇지 않을 듯하다. 어떻게든 만날 방도를 마련하려 했거늘 오히려 그쪽에서 자신을 부르고 있다.

적월은 계속해서 웃게 되려는 얼굴을 애써 감추려 했다.

하지만 그것이 쉽지 않았다. 계속해서 웃는 적월을 보며 패천악이 말했다.

"그리 좋은가? 아주 입이 귀에 걸렸군."

"그럼요. 너무 좋아서 기쁨을 감추기가 힘들군요."

적월의 말에 패천악이 피식 웃으며 갈 길을 가기 위해 몸을 돌렸다. 그리고 적월은 입가에 지어진 미소를 억지로 지웠다.

다시 환생을 하기로 마음먹은 결정적 이유.

마교 부교주였던 헌원기에 대한 복수였다.

그리고 그를 만날 날이 멀지 않았다.

당시엔 그자에 대한 분노만이 있었다. 하지만 이제는 아니다.

그놈 덕분에 오히려 새로운 세상을 알았다. 무림 뒤에 숨겨진 또 다른 이면을 알게 된 것이다. 하지만 그렇다 해도 용서는 없다.

뒤에서 칼을 맞는다는 게 얼마나 기분 더러운 일인지 그놈 덕분에 알았으니까.

자신의 정체도 모르고 반갑게 맞을 헌원기의 얼굴을 떠올리니 절로 유쾌한 감정이 밀려들었다.

적월이 웃었다.

'헌원기. 너는 상상도 하지 못할 것이다. 네놈 앞에 설 자가 바로 나, 용무련이라는 걸.'

第五章
오랜 악연

처음 뵙겠습니다

 이른 아침, 자리에서 일어난 적월은 거처 앞에 있는 넓은 장소로 향했다.

 오랜만에 고향의 땅을 밟은 듯한 느낌에 깊게 잠을 청하지 못했다. 그리고 들뜬 마음으로 예전처럼 일찍부터 몸을 움직일 만한 장소를 찾아가 대막혈마의 무공을 펼치기 시작했다.

 마교에 온 이상 대막혈마의 후계자로 있어야만 했고, 그러기 위해서는 최대한 가다듬어 두는 것이 좋았다.

 한 시진 가까이 대막혈마의 무공을 익히던 적월이 다시금 거처로 돌아왔을 때였다.

 흑룡전대 대주 패천악이 기다리고 있었다.

"왔는가?"

"이른 아침부터 어쩐 일이십니까?"

적월은 자신의 거처에 와서 기다리고 있던 패천악에게 이곳에 온 연유를 물었다.

적월의 질문에 패천악이 대답했다.

"그것이, 교주님이 벌써부터 자네를 보고 싶어 하셔서 말이네."

"교주님께서요?"

"그렇다네. 어제 수뇌부 회의가 있었는데 그때부터 어찌나 들들 볶으시는지 자네를 한시라도 빨리 만나 보고 싶다 하시는군. 괜찮겠는가?"

"저야 영광이지요."

적월이 반가이 웃으며 답하자, 패천악이 바로 말을 이었다.

"그렇다면 준비 좀 하고 바로 같이 감세나."

"바로 말입니까?"

"쇠뿔도 단김에 빼라지 않던가."

패천악의 말에 적월은 고개를 끄덕였다. 교주 헌원기와의 만남은 적월 또한 학수고대하던 일이 아닌가. 굳이 뺄 생각은 없었다.

간단하게 씻기 위해 뒤편으로 걸어 나가던 적월은 그곳에서 기다리고 있던 몽우를 만났다.

그는 막 씻었는지 물기 가득한 얼굴로 적월을 맞이했다.

"아침부터 바쁘네."

"뭐야, 들었냐?"

"내 귀가 좀 좋잖아."

몽우가 웃음기 가득한 얼굴로 자신의 귀를 가리키며 말했다.

그런 몽우를 스쳐 지나가 땀이 난 얼굴을 씻으려는 적월에게 그가 입을 열었다.

"오늘 만남이 꽤 걱정되는데."

적월이 굽혔던 허리를 펴며 몽우를 바라봤다.

몽우가 그런 적월을 향해 장난스럽게 말을 이었다.

"큰 사고는 치지 마. 아직 이 안에서 완벽하게 자리 잡은 건 아니니까. 만약 정말 대형 사고를 쳐 버리면 다시 들어오기 힘들 거야. 내 노력이 담긴 계획이니 망치면 곤란하다고."

"소문내고 다니는 거 말고 뭐 하긴 했고?"

적월의 말에 몽우가 억울하다는 듯이 말했다.

"설마 대막혈마의 후계자가 있다는 소문을 내고 다닌 것 하나로 이렇게 내부로까지 들어올 수 있다 생각하는 건 아니지?"

"내가 바보냐? 그냥 궁금해서 묻는 거야."

말을 마친 적월은 가볍게 얼굴을 씻었다. 그리고 준비해 왔던 천으로 얼굴을 닦아 냈다. 그런 적월을 바라보며 몽우가 입을 열었다.

"오늘 자리에 교주 말고 소교주도 참석할 거야."

몽우의 말에 적월이 슬쩍 놀란 얼굴로 물었다.

"그런 것도 알아낸 거냐?"

"별로 어려운 일도 아닌데, 뭐."

몽우가 웃으며 대답했지만 적월은 마교의 교주였던 자다. 교주와 관련된 정보는 외부인으로서는 결단코 쉽게 알아낼 수 있는 것이 아니다.

아무렇지 않게 말하는 몽우를 보며 적월은 이곳에서 그의 손길이 닿지 않는 곳이 없을지도 모른다는 생각이 들었다.

그만큼 지금 몽우가 알아 온 정보는 보통의 것이 아니었으니까.

적월이 몽우를 바라보다가 말했다.

"역시 위험해, 넌."

"무슨 소리야, 갑자기?"

"결코 쉬운 정보가 아닌데 말이지."

"그런 사람이 네 편이니 얼마나 네 복이냐."

적월에게 다가와 어깨를 툭 치며 몽우가 살갑게 말했다. 그런 몽우의 행동이 싫지는 않았지만……

적월은 바로 마찬가지로 어깨를 툭 밀치며 대답했다.

"어쨌든 이따 보자."

"그래. 조심하고."

말을 마친 몽우가 먼저 몸을 돌려 자신의 거처로 향했다. 그리고 그런 그의 뒷모습을 바라보던 적월은 이내 안으로 들어서 자신의 방 쪽으로 향해 갔다.

방 안에서는 적월을 기다리는 패천악이 차를 마시고 있었다.

적월의 등장에 패천악이 자리에서 일어나며 말했다.

"준비는 다 됐나 보군."

"그렇습니다."

"그럼 따라오게나."

적월은 패천악을 따라 방을 나섰고, 그 둘은 마교의 중앙부분을 향해 나아갔다.

교주의 거처로 향하는 길은 무척이나 복잡했기에 패천악은 적월을 챙기며 걸었지만 그건 괜한 행동이었다. 이 길을 적월이 모를 리가 없었다.

알지만 적월은 내색하지 않았다.

그저 감회에 젖으며 한 걸음 한 걸음 내디딜 뿐이다. 그렇게 걸어가던 적월과 패천악이 이내 커다란 문 앞에서 발걸음을 멈추어야만 했다.

사람을 압도하는 커다란 문이 앞을 가로막았다.

교주가 머무는 곳이다.

그리고 그런 중요한 곳답게 입구에는 마교의 뛰어난 무인들이 지키고 서 있었다. 그들을 향해 패천악이 먼저 입을 열었다.

"교주님의 명에 따라 손님을 모시고 왔다네."

"미리 언질 들었습니다. 안으로 드시지요."

무인이 옆으로 비켜서며 문을 열어젖혔고, 안의 전경이 눈에 들어왔다. 커다란 내전은 다소 화려해지기만 했을 뿐 적월이 있었을 때와 크게 변한 것은 없어 보였다.

내부를 가만히 서서 바라보는 적월을 향해 패천악이 가볍게 말했다.

"안으로 들지."

"그러지요."

쿠웅.

둘이 안으로 들어서기가 무섭게 열렸던 문이 닫혔다.

둘 앞에는 길다란 길 하나만이 놓여 있었다.

적월의 눈은 이미 그 길 끝에 있는 어딘가로 향해진 상태였다. 높은 단상, 그리고 그 단상 위에 있는 황금으로 만들어진 의자가 눈에 들어왔다.

흡사 황제의 자리를 보는 것만 같은 착각이 인다.

하지만 아니다.

이곳은 바로 마교. 그리고 저 자리가 마교의 교주만이 앉을 수 있다는 흑룡의(黑龍椅)다.

황금으로 만들어져 있지만 그 안에 그려진 하늘을 노니는 흑색 용은 마교의 교주를 상징했다.

그 누구도 자리하기를 원하는 지고 지존한 위치.

하지만 선택받은 자만이 저 흑룡의에 앉을 수 있다. 적월이 앉았었고 이제는 다른 자가 앉아 있는 바로 저곳.

그 흑룡의에 앉아 있는 한 명의 노인.

백발이 성성한 머리에 얼굴은 마인이라는 생각이 들지 않을 정도로 인자한 느낌이 풍긴다. 서글서글한 눈동자에서는 따뜻한 시선마저 느껴진다.

하지만…….

속아선 안 된다.

저 모습에 속아 그를 믿었고, 결국 그 말로는 비참했다. 그 누구보다 인자한 모습이지만 속내는 새카만 구렁이 몇 마리가 있는 자다.

적월의 두 눈에 힘이 들어갔다.

'헌원기!'

이십여 년 만의 만남. 마음 같아서는 다가가 흑룡의에서 그를 끄집어 내리고 자신의 정체를 밝히고 싶었다. 하지만 적월은 그러지 않았다.

끓어오르는 감정을 애써 누르는 적월의 옆에 서 있던 패천악이 먼저 나서며 무릎을 꿇었다.

"흑룡전대 대주 패천악, 교주님께 인사드립니다."

"오! 오셨는가. 그렇다면 옆에 그 젊은 친구가 바로 대막혈마의 후계자라는 그자로군."

자리에서 일어난 헌원기가 천천히 단상에서 걸어 내려오기 시작했다. 걸음걸음마다 커다란 힘이 느껴진다.

사파의 거두, 마교의 지배자인 교주 헌원기다.

그런 자에게서 풍기는 기도는 보통 사람으로는 숨이 막힐 지경이었다.

적월은 송구스럽다는 듯 고개를 숙이며 말했다.

"처음 뵙겠습니다. 적월이라고 합니다."

"적월? 멋진 이름이로군. 만나서 반갑네, 젊은 친구."

가까이 다가온 헌원기는 풍채 당당한 사내였다.

늙었지만 무공으로 단련된 그의 신체는 젊은 사내에 못지 않아 보였다. 그런 헌원기가 인자한 얼굴로 적월의 어깨에 손을 얹었다.

당장이라도 뿌리치고 놈의 목을 날려 버려야 성이 풀릴 듯 싶었지만 적월은 다시 한 번 극도의 인내심을 일으키며 참아냈다.

헌원기의 손길이 어깨에서 떨어져 내렸다.

누가 본다면 그저 반가워 인사를 건넸다 생각할지 모른다. 하지만 알고 있다.

어깨를 만지며 가볍게 내력을 흘려 보내 적월을 실험한 것이다.

어느 정도의 실력을 지녔는지, 그 내공이 얼마나 깊은지. 그런 그의 성정을 너무나 잘 알았기에 적월은 그 헌원기의 힘을 거부하지 않고 받아들였다. 힘을 감추지 않았다. 하지만 그렇다고 해서 모든 것을 보여 준 것도 아니다.

적당히 그의 눈에 들 정도만…… 그 정도면 충분했다.

헌원기가 고개를 끄덕였다.

"젊은 친구가 내력이 제법이로군."

"아버님, 그자가 그리 빼어납니까?"

갑작스럽게 들려온 목소리. 하지만 그자가 누구인지 적월은 잘 알고 있었다. 이미 사전에 몽우에게서 언급을 들었던 터였다.

단상 옆을 지키고 서 있던 무인들 틈에서 젊은 사내 하나가 걸어 나왔다. 적월보다는 살짝 위의 연배로 보이는 자, 바로 마교 소교주이자 헌원기의 아들인 헌영구패(軒映九覇)였다.

그리고 적월이 용무련일 때 어린 그를 몇 번이고 본 적이 있었다.

당시에 다섯 살 쯤 되었으니 지금 나이는 얼추 스물대여섯 정도 되었을 게다.

헌영구패를 보고 패천악이 먼저 말했다.

"소교주님이 계신 줄 몰라 예를 차리지 못했습니다. 늦게나마 인사드립니다."

"아닙니다, 흑룡대주."

패천악의 인사를 가볍게 받으며 헌영구패는 적월을 향해 다가왔다. 그런 그를 향해 적월 또한 고개를 조아렸다.

바로 앞에 와서 선 헌영구패는 적월의 위아래를 살폈다. 그런 눈길이 좋지 않았음에도 적월은 내색하지 않았다.

헌영구패가 적월을 살피는 도중 헌원기가 물었다.

"그래, 대막혈마께서는 어찌 계시는가."

"오 년 전 타계하셨습니다."

"괜한 걸 물었군."

"그래도 백오십 살이 훌쩍 넘으셔서 가셨으니 천수를 누리셨다 봐야겠지요."

무림에서 사라진 지 백 년 가까이 된 자로 헌원기 또한 대막혈마를 직접 본 적이 없었다.

대막혈마가 죽었다는 말에 헌원기가 적월에게 궁금하다는 듯 말했다.

"자네는 대막혈마의 직계손인가?"

"아닙니다. 저는 그분이 말년에 거둔 제자이자, 양아들입니다."

"그래? 왠지 생김새가 중원인이라 이상하다 생각했는데 양아들이었군. 자네 말고도 다른 제자가 있는가?"

"저뿐입니다. 아버님께서는 혼인도 하지 않으셨던지라 핏줄도 남지 않았습니다."

"흐음, 아쉬운 일이로군."

헌원기가 탄식을 내뱉으며 말했다.

헌원기의 질문은 거기에서 끝나지 않았다. 그는 대막혈마에 대한 몇 가지 것들을 적월에게 물었다. 흡사 궁금하다는 듯 묻고 있었지만 속내는 달랐다.

적월을 시험하고 있는 것이다.

대막혈마의 무공은 남지 않았다. 하지만 대막혈마에 관련된 고서들이 마교 깊숙한 곳에 있는 서재에 남겨져 있다.

물론 그곳은 마교의 수뇌부들만이 열람이 가능했고, 외인들의 출입은 특별한 일이 있지 않는 한 절대로 불가능했다.

그런 곳에만 남겨져 있는 기록이었기에 대막혈마에 관련이 없다면 알기 힘든 질문들이다.

그럼에도 불구하고 적월은 척척 대답했다.

이미 적월의 머릿속에는 대막혈마에 대한 많은 지식이 있었기 때문이다. 애초에 이런 일을 대비해 몽우가 대막혈마에 대한 많은 정보를 적월에게 주었다.

개중에 일부는 고서에도 남지 않은 특별한 것들이었다. 어떻게 몽우가 그러한 것까지 아는지는 알지 못한다.

다만 그의 실제 나이나 행동거지를 보면 대막혈마를 직접 만나 봤던 적이 있는 것도 같다.

그러한 사실이 놀랍긴 하지만, 덕분에 적월은 헌원기의 질문에 어렵지 않게 대답하며, 심지어는 알려지지 않은 시시콜콜한 이야기들까지 해 줄 수 있었다.

고서에 남겨진 것 중 틀렸던 기록까지 올바르게 잡아 가며 적월은 대막혈마에 대한 이야기를 끝마쳤다.

모든 이야기를 들은 헌원기는 고개를 끄덕이고만 있었다.

잠시 후 헌원기가 천천히 입을 열었다.

"재미있군. 헌데 자네가 대막혈마의 무공을 모두 알고 있다던데…… 그게 사실인가?"

여태까지 대막혈마라는 존재에 대해 묻던 헌원기가 처음으로 무공에 대한 이야기를 꺼냈다.

그 말은 곧 적월의 신분을 어느 정도 믿기 시작했다는 소리다.

헌원기가 적월을 왜 만나고 싶어 했겠는가?

대막혈마의 무공이 필요해서다.

대막혈마의 화염만겁혈광신공(火焰萬劫血光神功)은 무인이라면 탐이 날 수밖에 없는 무공이다. 그리고 그 무공을 마교에 기록하여 남기고 싶은 것일 게다.

적월은 그런 헌원기의 마음을 잘 알았기에 고개를 끄덕였다.

"예. 아버님께서는 제게 그 모든 것을 전수해 주셨습니다."

"허허, 절대 누군가에게 무공을 사사해 주지 않는 걸로 유명하신 분이라 들었는데…… 자넬 정말 아꼈나 보군. 딱 보아하니 재능도 있어 보이고."

"제가 운이 좋았지요."

"아니야. 아마도 자네의 재능이 그분의 마음을 연 것이겠지."

적월을 띄워 주던 헌원기가 이내 속내를 드러냈다.

"내 대막혈마의 무공을 한번 견식해 보고 싶었는데…… 보여 줄 수 있겠는가?"

"물론입니다."

적월이 고개를 끄덕였다.

바로 그때 옆에 서 있던 헌영구패가 나섰다.

"아버님, 대막혈마의 무공이라면 그에 어울릴 상대가 있어야 하지 않겠습니까."

"그래서?"

"제가 하지요."

헌원기가 힐끔 적월을 바라봤다.

그리고 그런 헌원기의 시선에 적월이 고개를 끄덕이며 말했다.

"저로서는 영광이지요."

적월의 말과 함께 헌영구패가 앞에 다가와 섰다.

넓은 대전은 무공을 주고받기에 부족함이 없어 보였다.

마주선 헌영구패가 침착하게 웃음을 흘려 보였다.

자기 아버지를 쏙 빼다 박았다.

그 착해 보이는 웃음, 하지만 그 이면에 숨겨진 감출 수 없는 욕심마저도. 애써 감추고 있었지만 적월에게는 그런 감정들이 손에 잡힐 듯 빤히 보였다.

'아직 네놈 아비에 비해 멀었구나.'

그 인자함 뒤에 뭘 감추고 있는지 몰랐던 헌원기와는 달리 속내가 드러나 보였다.

처음엔 별생각이 없었을 게다. 하지만 자신과 크게 나이 차가 나지 않는 적월을 보고 괜히 한번 건드려 볼 심산인 것이다.

알면서도 적월은 받아들였다.

헌원기가 입을 열었다.

"다섯 수를 허한다."

싸움을 하는 것이 아니었기에 헌원기가 적당히 선을 그었다. 그리고 헌영구패는 그 정도면 충분하다는 듯 고개를 끄덕였다.

적월은 그대로 화염만겁혈광신공의 내기를 운용했다. 그러자 그의 손바닥과 눈이 새빨갛게 변해 갔다. 그 모습을 말없이 지켜보던 헌원기가 짧게 탄성을 토해 냈다.

"호오. 고서에서 본 바대로군."

주변을 일렁거리던 불꽃이 하나둘 고리 형태로 변해 간다. 이것이 바로 화염만겁혈광신공이 일정 수준 이상 올랐다는 걸 뜻했다.

적월의 그런 모습을 헌원기가 흥미 있게 바라보고 있을 때였다.

투두둑.

적월의 앞에 마주 서 있던 헌영구패의 몸에서 투기가 폭발해 나오기 시작했다. 하지만 적월에게는 이 무공이 너무나 익숙할 수밖에 없었다.

이 무공의 정체가 평소 적월이 펼치는 천마신공이었으니까.

교주만이 익힐 수 있는 무공이지만 소교주라는 이유만으로 천마신공의 초반 부분을 익힌 모양이다.

적월은 속으로 코웃음을 쳤다.

기껏해야 이제 막 발 정도 담근 수준이다.

마찬가지로 천마신공을 펼친다면 단 일격에 전신의 뼈를 박살 내 버릴 수도 있었지만 적월은 그대로 화염만겁혈광신공을 운기했다.

둘의 시선이 마주쳤다.

그리고 그와 동시에 헌영구패가 움직였다.

휘익.

손바닥이 날아들었다.

천마신공을 익히기는 했으나 아직 초식을 자유로이 사용할 수 있는 경지까지는 한참이나 남은 그다. 천마신공의 내기가 바탕은 되어 있지만 적월의 것과는 무척이나 달랐다.

터엉.

마찬가지로 휘둘러진 손이 손을 밀어냈다.

단번에 맥을 끊어 버린 것이다.

기분이 불쾌해진 헌영구패는 멈추지 않았다.

이번엔 발이 날아들었다.

가벼운 주먹질과 발길질 같아 보이지만 천마신공을 운용한 탓에 그것은 그리 만만하지 않았다. 적월은 그대로 화염만겁혈광신공의 불꽃을 일으켰다.

화르륵.

불꽃이 머무는 손바닥을 휘두르자 일순 헌영구패의 시선이 흐트러졌다. 그리고 불꽃을 뚫고 적월의 손이 파고들었다.

명치를 노리는 공격.

헌영구패는 화들짝 놀랐지만 가까스로 공격을 막아 내는 건 성공했다. 그리고 바로 그 순간 목덜미를 노리고 적월의 손바닥이 치고 들어왔다.

붉게 물든 손에서는 뜨거운 양강의 기운이 넘실거렸다.

당장이라도 목을 잡아 뜯을 수도 있었지만 적월은 일부러 손의 속도를 줄였다.

그리고 적월은 일부러 빈틈을 드러냈다.

헌영구패의 시선이 빈틈을 찾아냈고 바로 파고들어 갈 때였다.

"그만."

헌원기의 나지막한 소리에 헌영구패의 주먹이 적월의 명치 바로 앞에서 멈춰 섰다. 불만스러운 얼굴로 헌영구패가 헌원기를 바라봤다.

마치 이제 끝났는데 왜 말렸냐는 듯한 표정이었다.

그런 자신의 아들을 향해 헌원기가 입을 열었다.

"네 지금 공격으로 다섯 수가 끝났고, 목숨을 건 비무도 아니니 이쯤에서 끝내는 게 좋을 듯싶구나."

"역시 소교주님이시군요. 잘 배웠습니다."

적월이 먼저 한 발 뒤로 물러서며 포권을 취했다.

헌영구패는 못내 찝찝한 얼굴로 억지로 포권을 취하며 입을 열었다.

"그대의 실력도 쓸 만해 보이는군요."

아직까지 튕겨져 나왔던 주먹이 얼얼하다.

왠지 모를 불쾌감에 젖어있는 헌영구패를 향해 헌원기가 말했다.

"잠시 나가 있어라. 따로 할 이야기가 있으니. 흑룡대주도 같이 나가서 기다려 주시오."

패천악은 그러겠다는 듯 고개를 끄덕였지만 헌영구패는 조금 달랐다.

축객령을 받은 느낌에 헌영구패가 무엇인가 말을 하려 했지만 헌원기의 표정을 보는 순간 입을 굳게 닫았다.

인자한 표정이지만 눈빛은 그렇지 않았다.

싸늘하다.

당장에 칼이 자신을 난도질할 것 같은 착각을 불러일으킬 정도다. 이럴 때는 헌원기의 말에 토를 달아서는 아니 된다.

헌영구패와 패천악이 예를 취하고 내전을 빠져나갔다.

그리고 헌영구패가 사라질 때까지 조용히 있던 헌원기가 입을 열었다.

"대단한 실력이군. 자네 나이에 이 같은 실력을 지닌 자는 내 본 적이 없으이."

"소교주님이 계시지 않습니까."

"하하! 내 눈을 썩은 동태눈으로 보는가."

너털웃음을 터트리며 헌원기가 적월을 바라봤다.

그 시선은 무엇인가 묘했다.

따뜻해 보이면서도 차갑다.

마치 적월의 모든 것을 알아보겠다는 듯이 전신을 살핀다.

헌원기가 입을 열었다.

"일부러 져 준 이유가 뭐지?"

"눈치채셨습니까?"

"그 정도도 알아보지 못할 정도로 마교의 교주라는 자리가 호락호락해 보였는가?"

적월을 향해 헌원기가 묻고 있다.

왜 져 준 것이냐고.

헌원기가 알아차릴 것 정도는 적월 또한 예상하고 있던 바다.

적월이 헌원기의 질문에 답했다.

"그분이 마교의 소교주이시기 때문입니다."

"그 말뜻은 뭐지?"

"적어도 제가 교주님 앞에서 함부로 이겨도 될 상대가 아니라는 말입니다."

적월은 자신을 굽혔다.

하지만 비굴하지 않고, 또 야비하게 보이지 않게.

적월은 헌원기를 잘 알고 있다. 그가 어떤 부류의 인간을 가장 좋아하는지도 이제는 뼈저리게 안다. 그랬기에 할 수 있는 대답이었다.

그리고…….

"하하하!"

헌원기가 앙천대소를 터트렸다.

너무나 유쾌한 듯 그가 계속해서 웃었다. 잠시 주체 못 할 웃음을 터트려 대던 헌원기가 천천히 웃음을 거두었다.

그리고는 적월을 뚫어져라 바라보다 말했다.

"맘에 드는군."

"그게 순리라고 생각할 뿐입니다."

"그래 맞아. 그게 순리지. 하지만 그런 간단한 걸 모르는 놈들이 너무 많아. 심지어 어떤 놈들은 그것을 가르쳐 줘도 하지 못하더군. 헌데 자네는…… 가장 중요한 것을 지니고 있군."

헌원기는 진심으로 흡족해 보였다.

만족스러운 표정을 짓고 있던 헌원기가 다시금 입을 열었다.

"자네의 무공을 보니 대막혈마의 무공이 궁금하군. 내 숙원 중 하나가 소실된 사파의 무공을 복원하는 것이네. 혹 괜찮다면 대막혈마의 무공을 마교에 남기는 것이 어떻겠는가."

"글쎄요."

적월은 난처한 표정을 지어 보였다.

그러자 헌원기가 다독이며 말했다.

"생각할 시간은 충분히 주지. 그리고 적지 않은 보상도."

"그럼 며칠만 고민해 보겠습니다."

"좋은 쪽으로 결론이 났으면 좋겠군."

헌원기 또한 적월이 바로 대답을 할 거라 생각하지 않았는지 더 이상 이 일에 대해 왈가왈부하지 않았다. 말을 마친 헌원기가 몸을 돌려 흑룡의로 걸어가 자리에 앉았다.

그리고 헌원기가 자리로 돌아가자 기다렸다는 듯 옆에 도열해 있던 무인들 중 일부가 움직여 그의 옆으로 다가갔다.

인사와 함께 물러나려던 적월이 멈칫한 것은 바로 그때였다.

헌원기의 옆을 지키는 자들의 행색 때문이었다.

그들은 붉은색 옷을 입었고, 등 뒤에는 초승달을 연상케 하는 문양이 새겨져 있었다. 문제는 바로 그것이다.

'저들은 누구지?'

생전 처음 보는 복식이다.

적월이 마교에 있을 때까지만 해도 저런 자들은 존재하지 않았다. 그들은 하나같이 뛰어난 무공들을 지닌 자들이었다.

 물론 시간이 흘러 새로운 무력 단체가 생겨났을지도 모른다. 하지만 적월이 정작 의문스러운 것은 그것이 아니었다.

 적월이 가장 궁금한 것, 그것은 바로 왜 저들이 헌원기를 지키고 있냐는 거다.

 헌원기의 수족이라면 혈전대다.

 적월에게 마지막 칼을 박아 넣었던 것도 바로 그들이다.

 혈전대는 항시 헌원기를 지켰고, 비록 적월 자신과의 마지막 일전에서 많은 자들이 죽었다 한들 그것이 변할 거라 생각하지 않았다.

 그들은 그만큼 헌원기의 수족과도 같았고, 충실한 수하들이었다.

 그제야 적월은 혈전대를 비롯한 그들의 대주였던 전귀 추잔양 그 모두가 이 내전 안에서 보이지 않는다는 걸 알아차렸다.

 적월은 모르는 척 입을 열었다.

 "그들이 항시 교주님을 지킨다는 혈전대입니까?"

 "허허."

 갑작스러운 적월의 질문에 헌원기의 표정이 살짝 변했다. 그 미묘한 변화를 놓치지 않으며 적월은 헌원기를 예의 주시했다.

헌원기가 대답했다.

"혈전대를 자네가 어찌 알았는가."

"제 아버님께서 교주님을 혈전대가 지킨다고 하셨던 기억이 났습니다. 일당백의 무인들이라고 하시더군요."

"그런가? 허기야 대막혈마라면 은둔한 지 오래되셨으니……"

헌원기의 표정이 한결 누그러졌다.

하지만 자신이 죽은 후 무엇인가 일이 있었다는 걸 적월은 이미 알아차린 상태였다.

별다른 대답을 기대하지 않고 자리를 뜨려던 적월에게 헌원기가 대답했다.

"그들은 나를 배신해 모두 처단했네."

"배신…… 이란 말씀입니까?"

"그렇다네. 알 만한 사람들은 모두 다 아는 일이니 굳이 비밀도 아니지."

"그렇군요."

"그럼 나는 할 일이 있으니 자네도 돌아가서 며칠 푹 쉬며 생각을 정리하고 연락을 주게."

"알겠습니다."

더는 자리할 이유가 없었기에 적월은 그대로 교주의 내전에서 걸어 나왔다. 바깥쪽으로 조금 나가니 먼저 나갔던 패천악이 기다리고 있었다.

그가 적월이 나오자 다가와 말했다.

"교주님과의 대담은 끝났는가?"

"그렇습니다. 며칠 가서 쉬다가 연락드린다 했습니다."

"그래? 그럼 우선 다시 숙소로 안내해 주겠네."

패천악이 고개를 끄덕이고는 걸어 나갔고, 적월은 그의 옆에 서서 걸었다. 걷는 내내 적월은 이런저런 생각에 잠겼다.

말이 되지 않았다.

배신이라고?

다른 자들도 아닌 혈전대가 배신을 할 리가 없다.

그들은 헌원기를 위해 목숨을 걸고 적월 자신을 향해 칼을 뽑아 든 자들이다. 명이라면 목숨 걸고 지키는 자들이 바로 혈전대였다.

마교에 있는 알 만한 사람이라면 모두 아는 일이라는 말에 적월은 옆에서 걷고 있던 패천악에게 물었다.

"혈전대가 배신을 해서 죽었다고 하던데 사실입니까?"

"그렇네. 그걸 갑자기 왜 묻는가?"

"제가 오래전에 아버님께 교주님을 혈전대가 지킨다는 말을 들은 적이 있습니다. 그걸 교주님께 여쭈었는데 뭔가 결례가 된 듯해서요."

"허허. 그리 유쾌한 이야기는 아니셨겠지. 하지만 괜찮다네. 그들의 잔당도 모두 뿌리 뽑았고 이제 살아남은 건 그들의 우두머리였던 자 하나뿐이야. 뭐, 세월이 이리 지났으니 죽었을지도 모르겠군."

패천악은 대수롭지 않게 말하고 있었지만 받아들이는 적월의 입장에서는 조금 달랐다.

우두머리라면 전귀 추잔양을 이야기하는 것일 테고, 그와는 조금이지만 남은 앙금이 있다. 실질적으로 적월의 심장에 검을 박아 넣은 이는 바로 추찬양, 바로 그자니까.

"죽었는지 살았는지 잘 모르신다는 듯한 말투시군요. 어디 멀리라도 보낸 겁니까?"

"멀다면 멀고 가깝다면 가까운 곳이지."

패천악은 잠시 뜸을 들이다 이내 입을 열었다.

"천마옥(天魔獄)에 갇혀 있거든."

第六章
천마옥(天魔獄)

네놈 꼴이 우습구나

교주 헌원기와의 만남이 있었던 날의 늦은 밤.

어둠을 틈타 적월이 어딘가로 움직이고 있었다. 그가 향하는 곳은 다름 아닌 천마옥이었다.

천마옥.

한때는 마교에서조차 감당할 수 없는 천하의 마두들을 가둬 두던 곳이었으나 이제는 그 의미가 희석되어 이름만 남은 장소다.

오랫동안 비어 있다가, 이제는 단 한 사람만이 갇혀 있는 상황이었다.

전귀 추잔양.

헌원기와의 대화를 끝내고 돌아온 적월은 자세한 사정을 알기 위해 몽우에게 혈전대의 일을 바로 알아봐 달라 부탁했다.

그리고 알게 된 소식은 놀라웠다.

헌원기에게 이미 혈전대 전원이 반란을 일으키려 했다는 죄명으로 처단됐다는 것이다. 하지만 그 반란이란 것이 참으로 우스웠다.

헌원기가 전대 교주였던 용무련을 쫓아내려 했기에, 그에 반기를 들려고 했다는 것이 죄명이었다.

처음 그 말을 들었을 때 적월은 자신의 귀를 의심하지 않을 수 없었다.

오히려 그들은 충직한 개처럼 헌원기의 명을 따르며 자신을 죽인 직접적인 원인들이 아니었던가.

그런 그들이 용무련을 위해 반란을 꾸몄다?

앞뒤가 맞지 않는다.

하지만 의문은 오래가지 않았다.

사냥이 끝나면 사냥개는 잡아먹힌다.

혈전대는 용무련을 잡기 위한 사냥개에 불과했던 것이다.

물론 궁금증은 더 남는다.

그들만큼 충직한 자들을 죽이면서까지 무엇을 감추려 한 것인가?

지독한 고문에 많은 혈전대 무인들이 죽었다.

그리고 모진 고문 속에서 그나마 살아남았던 자의 숫자가 여섯.

그들은 모두 천마옥에 갇혔지만, 제대로 된 식사조차 주어지지 않는 그곳에서 심신이 쇠약해진 끝에 하나씩 죽어 나갔다.

그리고 마지막으로 남은 것이 바로 대주였던 추잔양인 것이다.

홀로 마교의 내부를 거닐고 있었지만 적월의 움직임은 거칠 것이 없었다. 너무나 잘 알고 있는 곳이었기에 굳이 지도 같은 것도 필요 없었다.

사전에 이십 년이라는 시간 동안 변한 것이 있나 살짝 살펴본 것만으로도 마교의 내부는 완전히 파악됐다.

더군다나 천마옥이라면 그 위치가 변할 리가 없지 않은가.

어둠을 틈타 이동하던 적월이 이내 어딘가에 도달하자 몸을 숨긴 채로 주변을 살폈다.

천마옥으로 향하는 입구가 눈에 들어왔다.

커다란 두 개의 사자상이 양옆을 지키고 있고, 아래로 통하는 커다란 입구가 눈에 들어온다.

아주 오래전 대마두들을 가둬 두었을 때는 무척이나 경계가 삼엄했던 곳이다.

하지만 이제는 아니다.

안에 갇힌 것은 고작 한 명. 또 그는 무공까지 쓰지 못하게 되어 있는 상태다.

간수 하나가 의무적으로 한 시진에 한두 번 정도 앞을 왔다 갔다 할 뿐 천마옥을 실제로 지키는 이는 없다고 봐도 무방했다.

적월은 주변에 아무도 없음을 확인한 후 발을 옮겼다.

천마옥의 입구로 향하자 이제는 빛이 바랜 커다란 사자상 두 개가 적월을 내려다보는 느낌을 받았다. 관리도 제대로 안 돼 이제는 엉망이 되어 버렸지만 그래도 그 위압스러운 눈빛만은 여전했다.

천마옥으로 들어가는 입구는 커다란 돌로 막혀 있었다. 아무것도 모르는 어린아이들의 침입을 막기 위해서였다.

적월이 손을 뻗었다.

그러자 돌이 저절로 허공으로 슬쩍 떠오르더니 이내 옆으로 밀려났다.

돌이 비켜나자 천마옥 내부로 향하는 긴 계단이 모습을 드러냈다.

그 끝이 보이지 않을 것만 같은 어둠.

적월이 천천히 계단에 몸을 실었다.

두웅.

적월이 천마옥 내부로 들어선 이후 손을 들어 올리자 열렸던 돌문이 저절로 닫혔다.

돌문이 열렸을 때도 새카맣던 내부가, 더욱 깊은 어둠에 감싸였다.

뚜벅뚜벅.

적월의 발자국 소리가 천마옥 내부를 흔들었다.

지하에 지어진 동굴과도 같은 형태의 감옥이었기에, 발자국 소리가 유난히도 크게 울린다. 하지만 적월은 굳이 기척을 감추지 않았다.

어차피 내부에 사람이라곤 적월이 만나고자 하는 추잔양뿐이었기 때문이다.

천마옥의 계단이 끝났다.

적월은 천천히 주변을 둘러봤다. 천마옥 내부로 들어와 본 것은 적월 또한 처음이었다.

퀴퀴한 냄새, 그리고 사람을 내리누르는 답답한 공기. 보통 사람이라면 단 하루만 이곳에서 지내라 해도 견디지 못할 정도다.

그런 천마옥에서 추잔양은 이십 년에 가까운 시간을 보냈으리라.

주변을 둘러보던 적월이 다시금 발을 움직였다.

천천히 걸어가던 적월이 멈춰 선 것은 천마옥에 있는 수많은 감옥 중 하나였다. 쇠창살로 막혀 있는 입구 안쪽에 한 사내의 모습이 들어왔다.

쇠사슬에 사지를 결박당한 채 눕지도 앉지도 못하는 모습이었다. 무릎을 꿇고 상반신을 앞으로 기울인 그자는 이미 전신이 새카맸고 머리는 당연히 산발을 하고 있었다.

쇠사슬에 간신히 몸을 지탱하고 있는 그자는 얼굴을 알아볼 수조차 없었다. 하지만 적월은 그자가 누구인지 너무나 잘 알았다.

적월이 천천히 입을 열었다.

"추잔양."

적월이 불렀지만 상대는 대답이 없었다.

흡사 죽은 듯이 쇠사슬에 사지가 결박당한 채로 흔들리고만 있을 뿐이었다. 그런 그를 향해 적월이 다시금 입을 열었다.

"언제부터 네가 내 부름을 무시할 수 있었지?"

오만한 말투.

하지만 그 말투가 추잔양을 반응케 했다.

떨구어져 있던 추잔양의 고개가 슬쩍 움직이기 시작했다. 그리고 산발이 된 머리카락 사이에 감겨져 있던 두 눈도 뜨였다.

적월과 추잔양의 시선이 마주쳤다.

추잔양의 눈빛은 죽은 사람의 것과 다름없었다. 그 오랜 시간 고문을 당하고 천마옥에 갇혀 있으면서 이미 반송장의 상태가 되어 버린 것이다.

자신을 아는 듯한 말투에 힘겹게 고개를 들어 올렸던 추잔양이었지만 눈앞에 있는 것은 생면부지의 젊은 청년이었다.

핏기조차 없는 추잔양의 입술이 열렸다.

"누군지 모르겠으나…… 이곳은 너 같은 어린아이가 올 곳이 아니다. 썩 물러가라."

"네가 남 걱정할 때는 아닌 것 같은데."

적월은 힘없는 추잔양의 모습을 보며 왠지 모를 부아가 치밀어 올랐다.

실질적으로 본다면 적월 자신을 죽인 놈이다.

하지만 단순히 추잔양을 원수라고만 생각하는 건 아니다.

명령을 따르라고 가르친 것은 적월 자신.

추잔양은 해야 할 임무를 다한 것뿐이다.

물론 그렇다고 해서 썩 유쾌한 것은 아니었지만.

적월에게 추잔양은 애매한 자다.

자신을 죽이기도 했지만 한때는 가장 믿는 수하이기도 했다.

애정과 증오가 뒤섞인 자였기에 적월은 이렇게 나약해진 추잔양의 모습에 화가 나는 것이리라.

차라리 떵떵거리고 살았다면, 그랬다면 그냥 미워만 할 수 있었을 텐데…….

적월의 말투가 거슬렸는지 추잔양이 힘겹게 입을 열었다.

"대체 뭐 하는 놈이기에 이곳에 나타나 나를 괴롭히는 것이냐. 교주가 이리로 와서 나를 괴롭히라 시키더냐? 그렇게 안 해도 곧 죽을 테니 제발 그냥 놔두어라."

추잔양의 말투에서는 헌원기에 대한 존경심이 존재하지 않았다.

하기야 수하들과 자신 모두 이처럼 토사구팽해 버리는 자에게 아직까지 충정이 남아 있다는 것도 우습겠지만 말이다.

적월이 쇠사슬에 간신히 몸을 의지하고 있는 추잔양을 향해 입을 열었다.

"멍청한 놈."

"뭐야?"

"넌 너무 물러. 그러니까 헌원기 그놈에게 이용이나 당했겠지. 그러기에 내가 그때 헌원기 그놈을 내 앞으로 데려오라 하지 않았더냐. 그랬다면 적어도 네가 이런 꼴은 당하지 않았을 테고."

"……"

추잔양의 입술이 떨려 왔다.

적월이 내뱉은 말이 이해가 가지 않았다.

생면부지의 인물이다. 그런데 자신에게 언제 그런 명을 내렸단 말인가.

헌원기를 자기 앞으로 데려오라고 말했던 자는 추잔양의 기억에는 단 한 명뿐이었다.

생사도 용무련이다.

하지만 생사도 용무련은 세상에 없다.

자신이 직접 심장에 검을 꽂아 넣었고, 헌원기가 시신조차 갈기갈기 찢어 버리지 않았던가.

그런 그가 살아서 자신 앞에 있을 리는 만무하다. 그렇다면 지금 눈앞에 있는 저 젊은 사내는 누구란 말인가.

추잔양이 물었다.

"너…… 누구야?"

"사실 말이야, 널 만나면 본때를 보여 주려 했어. 근데 꼴이 이게 뭐야? 내 심장에 칼을 꽂았던 놈이 이렇게 우습게 있어서야 네놈에게 죽은 내 면이 서지 않잖아."

추잔양의 눈동자가 심하게 흔들렸다.

대체 이게 무슨 상황인지 머리로 이해가 되지 않았다. 지금 말하는 것으로 보아하니 저 젊은 사내는 자신이 용무련이라 말하고 있는 듯했다.

그것이 어찌 가능하단 말인가. 죽은 사람이 자신의 앞에 있다니.

두 가지 중 하나일 거라는 생각이 들었다.

죽기 전에 환영을 보게 된 것이거나, 아니면 무엇인가 노린 헌원기의 장난질일 거라고. 하지만 이제 모든 것을 잃은 자신에게서 헌원기가 얻을 것이 무엇이 있단 말인가.

적월이 놀란 얼굴로 자신을 바라보고 있는 추잔양을 향해 입을 열었다.

"이제 슬슬 내가 누군지 알잖아?"

추잔양은 쇠사슬에 결박된 손을 억지로 움직이려 들었다. 쇠사슬이 살갗을 파고들며 죽어 버린 감각들을 불러일으킨다.

아프다.

이것은 꿈이 아니다.

그렇다면 저자는 헌원기의 장난질인 것일까?

오랫동안 쓰지 않았던 머리를 굴리던 추잔양은 이내 웃음을 터트렸다.

"하하하! 정말로 미쳤군, 미쳤어. 그분은 이미 죽었는데 이 무슨 멍청한 생각인가. 감옥에 갇혀 있더니 정말 미친 모양이구나."

고민을 하던 자신이 갑자기 우스워졌다.

죽는 걸 두 눈으로 봤다.

그럼 끝이 아닌가. 그 이후에 어찌 저자가 정말 용무련인가 고민을 하고 있단 말인가. 생각이 거기까지 미치자 자신의 모습이 우스워졌다.

바로 그때 적월이 입을 열었다.

"지인을 죽이기 전에 순간 시선을 피하던 네 습관을 알던 것이 나 말고 또 있던가?"

"……!"

안정되어 가던 마음에 또 다시 큰 파문이 일었다.

그것은 추잔양과 용무련만이 알던 비밀이다.

그 사실은 혈전대의 대원들도 몰랐고, 헌원기도 모른다. 오로지 오랜 시간 모셨던 용무련만이 아는 일이다.

추잔양은 놀란 얼굴로 적월을 올려다봤다. 쇠창살 건너에서 자신을 내려다보는 젊은 사내의 얼굴. 사내가 천천히 다가왔다.

용무련과는 완연히 다른 얼굴이다.

훨씬 젊고 아름답다.

하지만…… 그 뒤편에서 용무련의 얼굴이 보이는 것은 착각일까?

지척까지 다가온 적월의 두 눈동자를 마주하는 순간 헌원기는 싸한 전율을 느꼈다. 전신이 벌벌 떨려 오기 시작했다.

"예를 갖춰라."

고압적인 말투.

천마옥(天魔獄) 173

처음 이곳에 저 사내가 나타났을 때부터 그러했다.

전혀 다른 목소리에 외향이었지만 그 내부에서 풍겨져 나오는 느낌은 과거 용무련과 너무나 닮았다. 그랬기에 처음 이 사내가 내뱉은 말에 눈을 떴던 것이다.

추잔양은 움직일 수가 없었다.

지금 이 상황에 대해 무어라고 표현해야 할지 모르겠다. 꿈을 꾸고 있는 것인지, 아니면 정말로 자신이 미쳐 버린 건지도 분간할 수가 없다.

그때 적월의 목소리가 다시 터져 나왔다.

"전귀! 내가 명했다!"

이십 년 만에 듣는 자신의 별호에 추잔양의 몸이 저절로 움직였다.

죽어 가는 송장의 상태였다.

기울어진 채로 쇠사슬에 의지하던 몸을 억지로 일으켜 세웠다. 바닥에 끌리던 무릎을 꼿꼿이 세우고 정자세를 취했다.

무릎을 꿇은 것이다.

사지가 뒤틀렸고, 온몸이 고통스러웠지만, 그래도 했다. 뼈가 부서지는 듯한 고통에 절로 입에서 신음 소리가 터져 나오려 했지만 꾹 참았다.

그 상태로 추잔양은 고개를 땅에 처박았다.

쉽지 않았지만 그런 고통이 추잔양을 막아 낼 순 없었다.

정말로 이자가 교주 용무련인지 아닌지는 이제 고민조차 되지 않는다. 이것이 환영이어도 좋고 꿈이라도 상관없었다.

전신을 감싸는 고통 따위로 그의 의지는 꺾이지 않았다.

한 번 만나고 싶었다.

불가능한 일이었지만 다시 한 번 용무련을 만나고 싶었다. 그토록 염원하던 일이 지금 펼쳐졌다.

망설이지 않는다.

고개를 조아리며 추잔양이 입을 열었다.

"전귀 추잔양, 용 교주님을 뵙습니다."

땅에 머리를 처박은 추잔양의 두 눈에서 왈칵 눈물이 터져 나왔다.

살면서 울어 본 적이 얼마나 되던가.

철이 들고 나서는 단 한 번도 없다 자부하는 추잔양이다.

그 모진 고문 속에서도 비명조차 지르지 않았다. 하지만 그런 추잔양이 자신의 쏟아지는 눈물을 주체할 수가 없었다.

수많은 의미가 담긴 눈물이다.

회한, 슬픔, 그리고 고마운 마음마저 담긴.

가까스로 고개를 든 그의 얼굴은 더러운 것들과 눈물이 뒤엉켜 무척이나 흉했다. 하지만 그런 모습에 적월은 눈을 돌리거나 추하다 생각하지 않았다.

천마옥(天魔獄) 175

적월은 눈물을 쏟아 내는 추잔양을 향해 입을 열었다.

"날 죽인 놈이 이렇게 울어 대는 모습을 보니 우습구나. 그럴 거면 날 죽이지나 말던지."

"죄송합니다."

"아니, 죄송할 건 없어. 어차피 내가 그리 가르치지 않았더냐."

직속상관의 명을 최우선하라.

그것이 적월이 항시 혈전대에게 했던 말이다. 추잔양은 그런 적월의 가르침대로 행했을 뿐이다.

적월은 천천히 더러운 천마옥의 바닥에 주저앉았다. 눈의 높이를 맞춘 적월이 그를 향해 물었다.

"묻고 싶은 게 있는데."

"하명하십시오."

"대충 상황은 알겠어. 아마도 너희는 날 죽인 이후 토사구팽당한 거겠지. 헌데 궁금하단 말이야. 헌원기 그놈이 너희들을 이렇게 버린 이유가 뭐야?"

반란을 일으킨 것은 아니다. 분명 그 뒤에 있는 다른 이유가 있을 것이다.

적월의 질문에 추잔양이 힘겹게 입을 열었다.

"뒷소문이 날까 봐 두려웠던 것 같습니다."

"뒷소문?"

"예. 아시겠지만 헌원기는 용 교주님의 상대가 아닙니다."

적월은 기분 좋게 고개를 끄덕였다.

그랬다. 헌원기는 엄청난 무인이긴 했지만 그래도 용무련에 비해서는 그리 두각을 드러내는 자가 아니었다.

추잔양이 말을 이어 나갔다.

"헌원기는 자신이 교주와 싸워 이겼다는 위명을 얻고 싶어 했습니다."

"한심한 새끼. 고작 그런 이유로 너희들을 내쳤다는 거냐?"

길게 이야기할 것도 없이 적월은 상황을 알아차렸다. 헌원기는 자신과 일대일로 겨루어 이겼다고 떠들고 다녔던 모양이다.

마교는 강자존의 법칙이 존재하는 곳이다.

그런 곳에서 수하들의 목숨을 이용해 교주 용무련을 죽였다고 한다면? 아마도 적지 않은 자들이 속으로 반발할 것이 자명했다.

그 탓에 헌원기는 거짓된 상황을 만들었을 것이고, 그랬다면 이후에 모든 걸 알고 있는 혈전대가 눈엣가시였을 것은 자명한 노릇이다.

그래서 죽인 것이다.

모든 비밀을 알고 있는 혈전대를 옆에 두는 게 불편해 반란의 죄를 뒤집어쓰게 하고 죽였다.

혈전대는 마교 최고의 무력 집단이었다. 그리고 또 헌원기를 뒷받침하는 가장 큰 힘이기도 했다.

그리고 그런 그들을 이토록 쉽게 토사구팽할 수 있었던 것은 다른 이로 혈전대의 자리를 대체할 수 있었기 때문이리라.

명객이다.

명객이라면 혈전대를 내쳐도 전혀 아쉬울 것이 없다. 적월은 오늘 헌원기와의 만남에서 보았던 그들을 떠올렸다.

초승달이 새겨진 의복을 갖추고 있던 그놈들.

놈들이 바로 혈전대를 대체하는 자들이다. 그 말은 곧 그 안에 분명 명객이 숨어 있을 거라는 것이기도 했다.

어디서부터 명객에 대한 조사를 시작할지 고민하고 있었거늘 우연찮게 꼬리를 잡아 버렸다.

명객에 대한 생각까지 미쳤던 적월은 이내 시선을 추잔양에게로 돌렸다.

엉망이 된 행색으로 꼿꼿이 예를 취하고 있는 그를 바라보던 적월이 천천히 입을 열었다.

"그런데 내가 어찌 살아 있는지 묻지 않는구나."

"궁금하지 않습니다."

"어째서?"

"저에겐 그저 용 교주님이 살아 있다는 사실만이 중요할

뿐이기 때문입니다."

 무뚝뚝하게 대답했지만 그 안에서는 용무련에 대한 추잔양의 마음이 느껴졌다.

 항상 존경했었다.

 그랬기에 용무련을 죽이라는 헌원기의 명에 처음으로 반대의 의사를 표명하기까지 했다. 물론 결론적으로는 자신이 용무련을 죽이긴 했지만 그것이 항상 마음에 앙금으로 남아 있었다.

 감옥에 갇힌 이십 년. 괴로웠지만 불평하지 않았던 이유는 단 하나였다. 용무련을 자신이 죽였다는 그 생각 때문이었다.

 죄를 지었다. 그 죄를 이렇게 갚고 있구나 생각했다.

 적월은 고개를 조아리며 답하는 추잔양을 바라보다 입을 열었다.

 "손을 조금만 내밀어 보거라."

 추잔양은 쇠사슬에 고정되어 있는 손을 최대한 앞으로 내뻗었다. 그리고 쇠사슬 틈으로 손을 밀어 넣은 적월이 그의 손목을 잡았다.

 그런 행동에 추잔양이 깜짝 놀라 손을 빼며 말했다.

 "더럽습니다. 용 교주님께 이런 더러운 몸을 만지시게 할 수는 없습니다."

"많이 컸구나. 내 행동에 대해 네놈이 왈가왈부할 상황이고, 자격이 있다 생각하느냐?"

"……"

추잔양은 침묵했다.

적월의 이런 말투는 다른 이들에겐 몰라도 추잔양에게는 너무나 익숙했다. 항상 명령을 내렸고 자신의 행동에 토를 다는 걸 싫어했다.

강압적이고 때로는 상대를 깔보는 듯한 행동.

하지만 추잔양은 그게 싫지 않았다. 자신의 주군이라면 이 정도는 돼야지 하며 오히려 고개를 끄덕였었다.

추잔양을 향해 적월이 다시금 손을 내밀었다.

추잔양은 그런 적월을 보며 잠시 망설이다, 이내 자신의 손을 내주었다.

적월은 조용히 추잔양의 손목 맥을 짚었다.

맥이 미약하다.

당장에 끊어져도 이상할 것이 없을 정도로 희미한 맥이 적월의 손가락 끝에 느껴졌다.

적월이 추잔양을 바라봤다.

생기 있는 눈동자로 자신을 바라보는 추잔양.

그런 자의 맥으로 보이지 않는다.

"……몸이 많이 상했구나."

"괜찮습니다. 용 교주님을 다시 뵈오니 없던 힘도 다시 살아납니다."

"크크. 네놈이 언제부터 이렇게 아부를 잘하는 놈이 된 것이냐."

적월이 웃었다.

하지만 그 웃음이 결코 행복해 보이지만은 않았다.

적월이 천천히 손목을 놓았고, 추잔양은 쇠사슬에 묶인 채로 그저 그를 바라보기만 했다.

적월이 입을 열었다.

"원한다면…… 천마옥에서 나가게 해 주지."

적월이 양손으로 쇠창살을 움켜잡았다.

당장이라도 이 쇠창살을 부수고 안에 있는 추잔양을 끄집어내고 싶다. 하지만 그런 적월의 말에 추잔양은 미소와 함께 고개를 저었다.

"아닙니다."

"나가고 싶지 않으냐?"

"그런 욕심도 나지만…… 저는 이곳에 있겠습니다."

"내가 명령을 내려도?"

"그렇습니다."

"이유가 뭐냐."

적월의 말에 추잔양이 여전히 웃는 얼굴로 대답했다.

"아시지 않습니까. 제 생명이 얼마 남지 않았다는 것을요. 곧 죽을 절 구해 주셨다가는 마교에 오신 용 교주님의 목적이 틀어질지도 모릅니다."

"……"

추잔양의 말에 적월은 대꾸하지 못했다.

적월 또한 알고 있기 때문이다. 추잔양의 말대로 그의 생명이 얼마 남지 않았다는 것을.

그리고 한편으로 놀랐다.

이렇게 죽어 가는 와중에도 적월 자신에 대한 생각을 먼저 하고 있는 추잔양을 보면서.

추잔양이 말을 이었다.

"죽고 싶었습니다. 그런데 이상하게 죽지 않더군요. 제 수하들이 모두 죽어 나가는데…… 저만 이상하리만큼 이 질긴 목숨이 끊어지질 않았습니다. 그 이유를 몰랐는데 이제는 알 것 같습니다."

"무엇이냐?"

"그건…… 교주님을 이렇게 다시 만나 뵙고 용서를 빌 기회를 하늘에서 주려고 하셨던 모양입니다."

웃으며 말하는 추잔양을 보며 적월은 두 주먹을 움켜쥐었다.

화가 치밀었다.

이렇게 쓰고 버리라고 혈전대를 헌원기에게 준 것이 아니었다. 상관의 명은 옳고 그르고를 떠나 목숨을 걸고 수행하던 그 충직한 자들을 고작 그런 이유로 버리다니.

헌원기에 대한 분노가 끓어올랐다.

적월이 자리를 박차고 일어났다.

더 이곳에 있다가는 마교 시절의 수하에게 보이고 싶지 않은 속내를 드러낼지도 몰랐기 때문이다.

자리에서 일어난 적월을 향해 추잔양이 말했다.

"교주님, 그자와 싸우시면 안 됩니다."

몸을 돌려 천마옥을 걸어 나가려던 적월이 추잔양을 향해 다시금 시선을 돌렸다.

추잔양이 진지한 눈빛으로 적월을 바라보며 말했다.

"헌원기의 옆에는 정체를 알 수 없는 수많은 고수들이 있습니다. 그들은…… 너무 강합니다."

"추잔양."

"예, 교주님."

추잔양이 고개를 조아렸고, 그런 그를 향해 적월이 입을 열었다.

"오랜만에 만나서 감을 잃은 모양인데…… 내가 누구인지 잊었느냐? 내가 바로 생사도 용무련이다. 생과 사를 정할 수 있는 유일한 사람. 그게 바로 나다. 그런 내가 정했다. 놈들은…… 죽는다."

말을 마친 적월이 내공을 운기했다.

바로 그 순간 천 안에 감춰져 있던 적월의 애병 요란도가 모습을 드러냈다.

차앙.

보랏빛 도신이 모습을 드러내는 순간 추잔양의 두 눈동자가 흔들렸다.

추잔양의 두 눈에서 다시금 감격의 눈물이 쏟아져 나오기 시작했다.

용무련과 요란도는 하나였다. 다시금 끓어오르는 감정을 참기 힘들었다.

수십 년 전의 일들이 주마등처럼 스쳐 지나간다.

용무련과 함께 수많은 싸움을 함께했고, 그를 그림자처럼 따랐다.

그때의 기억들이 추잔양에게 있어 가장 행복했던 시간들이었다.

자신과 요란도를 보며 쉴 새 없이 눈물을 흘려 대는 추잔양을 보며 마음 한편이 아릿해진 적월이 버럭 소리쳤다.

"추잔양!"

"예, 교주님!"

추잔양 또한 남아 있는 힘을 쥐어짜며 힘차게 대답했다.

그런 추잔양을 바라보며 적월이 말을 이었다.

"마지막 명이다. 이제…… 쉬어도 좋다."

"……명, 받들겠습니다."

추잔양은 더욱 심하게 터져 나오는 눈물 때문에 차마 더는 적월을 바라보지 못하고 고개를 떨궜다. 그리고 그런 추잔양을 바라보던 적월이 힘겹게 몸을 돌려 걸어 나갔다.

천마옥을 걸어 나가는 적월의 발걸음은 쉽지 않았다.

하지만 그래도 돌아보지 않았다.

멈추지도 않았다.

마지막 보여 주는 뒷모습에 흔들림을 보이고 싶지 않았다.

그것이 적월이 추잔양에게 해 줄 수 있는 마지막 배려였다.

* * *

이른 아침이었다.

자리에서 일어난 적월은 찾아온 패천악과 함께 담소를 나누고 있었다. 두런두런 이야기를 하고 있던 적월의 거처에 낯선 무인이 하나 찾아든 것은 이다경 정도가 지났을 무렵이었다.

그는 패천악이 대주로 있는 흑룡전대 소속의 무인이었다.

무인은 먼저 패천악에게 예를 취하고는 말했다.

"교주님께서 찾으십니다, 대주님."

"그래? 이 이른 시간에 무슨 일로 날 찾는단 말인가?"

"아마도 그자 때문인 것 같습니다."

"그자?"

적월은 뜨거운 차를 조용히 마시며 둘의 대화를 듣고만 있었다.

그리고 그때 그 무인이 대답했다.

"천마옥에 갇혀 있는 추잔양 말입니다. 오늘 아침 간수가 들어갔는데 죽어 있었다고 하더군요."

"허허, 결국 죽었구먼. 참 아까운 친구였는데……."

"그래도 대단합니다. 천마옥에서 이십 년을 버티지 않았습니까? 그것도 죽은 시신이 환하게 웃는 얼굴이라고 말들이 많답니다."

"거참, 갈 때도 이야깃거리를 만들고 가는군."

패천악이 자리에서 일어나며 적월에게 짧은 인사를 건넸다.

"교주님이 찾으니 이만 가 보겠네."

"그러시지요."

적월이 웃으며 대답했다. 그리고 둘이 거처를 벗어나는 순간 적월은 뜨거운 찻물을 단숨에 들이켰다.

뜨거운 찻물이 목구멍을 따끔거리게 만들었지만 적월은 아직도 갈증이 난다는 듯 다시금 찻잔을 채우기 시작했다.
 그러고는 뜨거운 찻물을 들이켜며 중얼거렸다.
 "멍청한 놈…… 죽는 게 뭐 그리 좋다고 웃으면서 죽어."
 화가 치민다.

第七章
호혈(虎穴)

직접 들어가야지

열흘이 지났다.

그동안 외출을 삼가며 조용히 지내던 적월이 헌원기의 거처를 찾아왔다. 사전에 미리 이야기해 둔 탓인지 교주인 그를 만나는 것은 그리 복잡하지 않고 간단하게 진행됐다.

일전에 교주를 만났던 내전에 적월은 패천악과 함께 도착했다. 간단한 신분 확인만 마치고 안으로 들자 흑룡의에 앉아 있는 헌원기가 적월을 반가이 맞이했다.

"왔군."

"교주님을 뵙습니다."

적월은 패천악과 함께 헌원기에게 예를 갖췄다.

고개를 든 적월이 헌원기와 눈이 마주쳤다. 그 순간 적월은 환하게 웃음을 지었다. 그건 끓어오르는 속내를 감추기 위해서였다.

그 이유는 추잔양 때문이었다.

죽어 버린 추잔양의 시신을 쓰레기처럼 산중턱에 버려 버렸다.

짐승들의 먹이로 준 것이다.

다행히도 적월이 뒤늦게나마 그 사실을 알고 찾아갔지만 이미 시신은 많이 훼손된 상태였다.

그나마 훼손된 시신을 수습해 묻어 주긴 했지만 기분이 썩 유쾌하진 않았다.

하지만 그런 속내를 헌원기에게 드러낼 수는 없다.

그래서 웃었다.

웃고 싶지 않았지만…… 그래도 웃었다.

헌원기를 죽여서 끝날 일이라면 참지도 않았다.

하나 아니다.

이 일의 배후인 명객들을 죽이지 않는 이상 그것은 진정한 복수가 아니다. 그랬기에 적월은 솟구치는 화를 꾹 내리누르고 있는 것이었다.

그런 적월의 속내를 모르는 헌원기가 반가이 맞으며 말했다.

"그래, 이곳에서 잘 쉬었는가?"

"교주님의 배려 덕분에 편안히 쉬었습니다. 제가 있던 곳과는 달리 정말 좋은 곳이군요, 이곳은."

"아무래도 몽골과는 많이 다르겠지."

가볍게 담소를 나누며 인사를 마친 헌원기가 이내 본론으로 들어갔다.

"그래, 이곳에 찾아온 걸 보아하니 마음을 정한 것 같은데…… 맞는가?"

"네, 정했습니다. 사실 사흘 전쯤에 맘을 정했는데 지금 찾아왔습니다."

"음?"

헌원기가 왜 그랬냐는 표정으로 내려다보았고, 적월은 그 시선을 느끼며 천천히 대답했다.

"열흘 정도는 지나고 찾아봬야 고민한 느낌이 나지 않겠습니까."

"하하! 재미있는 대답이로군."

웃는 헌원기는 흡족해 보이는 표정을 짓고 있었다.

그리고 적월이 이 같은 농담이나 하는 건 헌원기의 성격을 잘 알기에 가능했다. 이곳 마교에 있는 동안 헌원기의 마음에 들어야 한다.

웃음을 터트렸던 헌원기가 다시금 말했다.

"그래, 그 정도는 고민해야 고민했다 말할 만하지. 나도 너무 쉽사리 마음을 정하는 족속들은 그리 좋아하지 않아. 아, 그럼 결론은 어찌 내렸는가?"

이미 반쯤 눈치를 챈 상태였지만 헌원기가 물었다.

적월이 공손히 대답했다.

"교주님의 청이신데 어찌 제가 거절할 수 있겠습니까. 화염만겁혈광신공을 마교에 내어 드리지요."

"좋군."

헌원기가 유쾌한 표정으로 고개를 끄덕였다.

적월을 바라보던 헌원기가 물었다.

"자네가 그런 결단을 내렸으니 나 또한 무엇인가를 해 줘야 할 텐데…… 원하는 것이 있는가?"

"솔직히 말해도 되겠습니까?"

"물론이지."

"마교의 일원이 되고 싶습니다."

"마교의 일원? 그야 어렵지 않은 일인데."

셀 수도 없이 많은 무인들이 있는 이곳에 적월이라는 존재 하나가 더 생긴다 하여 문제 될 것이 없다.

아니, 오히려 저 정도의 젊은 고수의 등장은 마교의 입장에서 쌍수를 들고 환영할 일이다. 하지만 뭔가 준 것에 비해 원하는 것이 작다는 생각에 의문스러운 표정을 지어 보이는 것뿐이다.

적월이 말을 이었다.

"이왕 마교의 무인이 되고자 마음먹은 이상 이름을 떨치고 싶습니다."

"그래서?"

"저를 저들 사이에 넣어 주십시오."

적월의 시선이 향한 곳은 다름 아닌 단상 아래쪽에 있는 초승달 모양의 복식을 갖춘 자들이었다. 적월의 청에 헌원기가 그들을 바라보며 물었다.

"월영천대(月影天隊)에 말인가?"

"예, 그렇습니다."

적월이 고개를 조아리며 대답했다.

월영천대.

혈전대의 뒤를 이어 교주가 된 헌원기를 지키는 자들이다.

그 숫자는 얼추 백여 명에 달한다고 알고 있다. 숫자를 보아하니 전원이 명객일 확률은 없다는 생각이 들었다.

몽우 또한 그렇게 많은 명객들이 모여 있을 리 없다는 조언을 해 주었기에 그런 적월의 생각은 확신으로 바뀌어 있었다.

월영천대 안에는 명객도 섞여 있겠지만 대부분이 보통 사람들일 게다. 그리고 적월은 명객을 찾아내기 위해 그 안에 직접 들어가는 강수를 두기로 마음먹은 것이다.

헌원기는 월영천대에 지원하겠다는 적월의 말에 이해가 안 간다는 듯이 말했다.

"명성을 얻고자 하는 것이라면 차라리 자유로이 움직일 수 있는 자리가 더 낫지 않겠는가?"

"월영천대에는 그것보다 유리한 점이 있지요."

"그게 무엇인가?"

"바로 교주님의 옆에 항시 있을 수 있다는 겁니다. 성공하려면 역시 교주님과 가까워야 하지 않겠습니까?"

어찌 보면 간사해 보일 수도 있는 듯한 말이다.

하지만 그런 솔직함이 헌원기를 움직일 수 있다는 걸 적월은 알고 있었다. 그는 솔직하게 속내를 드러내는 자를 중용했고, 또 순종적으로 따르는 이들을 곁에 두는 자다.

적월은 그 두 가지 모두를 맞추려고 하는 것이다.

예상대로 헌원기는 그런 솔직함이 싫지 않은 모양이었다.

헌원기가 힐끔 월영천대를 바라보더니 입을 열었다.

"자리는 있느냐?"

"물론입니다."

헌원기의 질문에 다소 몸집이 있는 젊은 사내가 바로 답했다. 그 사내를 향해 헌원기가 명을 내렸다.

"내일 거처로 저 사내를 보낼 테니 네가 이것저것 가르쳐

주도록 해라."

"알겠습니다."

명을 내린 헌원기가 적월을 향해 시선을 돌렸다.

"내일부터 자네도 월영천대일세."

"감사합니다. 제 부탁을 들어주신 교주님의 배려를 마음에 새기겠습니다."

"아닐세. 나 또한 자네 같은 자를 수하로 거두어 기쁘게 생각한다네."

헌원기는 고개를 끄덕이며 만면에 웃음을 머금었다.

나쁘지 않은 거래다.

젊은 고수도 수하로 거두었고, 대막혈마의 무공도 얻었다. 손해 볼 것이 없는 일이다.

하지만 헌원기는 모르고 있었다.

고개를 숙이고 있는 적월의 얼굴에 뜻 모를 미소가 가득하다는 사실을.

적월이 거처로 돌아온 이후 자신의 생각을 밝히자 두 사람은 각기 다른 반응을 보였다.

몽우는 즐거워했고, 설화는 살짝 불안한 눈치였다.

설화 또한 이제 명객이라는 존재에 대해 알게 되었고, 그들의 힘이 적월에게도 위험할 수 있다는 사실도 안다.

그런 위험한 자들이 바글바글할지도 모르는 곳에 직접 들어가려고 하니 신경이 쓰일 수밖에 없다.

설화가 몽우를 힐끔 쳐다보고는 이내 적월에게 말했다.

"위험하지 않겠어요?"

"장담할 수는 없지. 놈들의 숫자가 얼마나 될지 정확히는 모르니까. 하지만 안으로 들어가는 게 명객을 찾는 데 가장 유리한 건 사실이잖아."

"그건 그렇지만……"

"하하, 설 소협은 너무 걱정이 많아서 탈입니다. 저놈이 보통 놈입니까? 알아서 잘할 겁니다."

말을 마치며 몽우가 어깨에 손을 올리려 하자 손등으로 가볍게 밀어낸 설화가 딱 잘라 말했다.

"몸에 손대는 거 안 좋아합니다."

"그 딱 부러지는 말투가 맘에 든다니까."

몽우가 웃으면서 말했지만 설화는 퉁명스레 고개를 돌려 버렸다.

함께 마교로 향하고 새로운 비밀들도 알게 되면서 일행들 사이에는 많은 변화가 있었다.

우선은 요마 풍천이다. 이곳 마교에 온 이후부터 풍천은 설화의 옆에 붙어 다니다시피 하고 있다. 이제는 적월을 따르는 건지 아니면 설화의 수족인지 분간이 안 될 정도로.

지금만 해도 풍천은 설화의 의자 아래쪽에 앉아 뭔가를 만지작거리고 있다.

그리고 몽우 또한 점점 설화가 마음에 드는지 예전과는 달리 먼저 말도 걸고 장난도 치기 시작했다. 물론 그런 걸 설화가 받아 주지 않지만 오히려 그래서인지 더 장난을 걸고 있다.

설화는 몽우를 애써 무시하며 적월에게 물었다.

"저희가 도울 건 없나요?"

"당장엔."

둘은 이곳에서 적월의 수하 신분으로 되어 있다.

움직이는 것에 문제는 없었지만 이곳에서 적월을 위해 설화가 할 수 있는 일이 없다.

그것이 못내 마음에 걸린다.

설화는 강하지만 그것은 그저 인간의 범주에서다. 그보다 높은 곳에 있는 이들에 비해 설화의 힘은 너무나 미약하다.

설화가 애써 그린 감정을 감추며 물었다.

"앞으로 어쩔 계획이에요?"

"명객을 찾을 거야. 놈들을 뿌리 뽑지 않으면 이 일은 끝나지 않으니까. 그리고 마지막으로……."

적월이 잠시 말을 끌었다.

그 이후에는 오랜 악연을 끊어야 할 것이다.

적월이 요란도에 손을 얹으며 말했다.
"헌원기를 죽일 생각이다."

      *   *   *

"반갑다. 월영천대 소속인 동준(童俊)이라고 한다."
이른 아침 찾아간 월영천대의 거처에서는 어제 교주에게 소개받았던 덩치 좀 있는 사내가 기다리고 있었다. 적월이 포권을 취하며 그에게 간단한 인사를 건넸다.
"적월이라고 합니다."
"나랑 나이 차이도 그리 많이 안 나는 것 같은데 말 편히 해. 괜찮으니까."
동준이 씨익 웃으며 말했다.
그는 무척이나 순박해 보였고, 사람도 그리 나빠 보이지 않았다. 말 편히 하라는 동준의 말에 적월 또한 바로 고개를 끄덕였다.
동준은 천천히 발을 옮겼고, 적월은 그런 그와 나란히 어딘가를 향해 걸었다.
동준이 말을 이어 나갔다.
"네 실력은 그때 소교주님과 겨루는 걸 직접 봐서 얼추 알고 있어. 월영천대 내에서도 그 정도면 꽤 뛰어나긴 하겠지만…… 그래도 신입이니까 너무 눈 밖에 나는 행동은 자제하고."

"그 정도 눈치는 있어. 그나저나 지금 어디로 가는 거야?"

"우선은 대주님을 뵙고 인사드려야 하지 않겠냐?"

적월은 고개를 끄덕였다.

우선 가장 의심이 되는 자가 바로 월영천대의 대주다. 아무래도 무리를 이끄는 자이다 보니 명객일 확률이 가장 높다.

이른 아침인데도 불구하고 월영천대의 본거지는 시끄러웠다. 제각기 병기를 휘두르며 무공을 익히는 데 열중이었다.

그 누구도 허튼 시간을 보내지 않는 이곳은 뜨거운 열기로 가득했다.

괜히 혈전대의 뒤를 이어 현원기의 수족이 된 것은 아닌 듯싶다.

커다란 연무장을 지나니 그 뒤편으로 아담한 장원 하나가 눈에 들어온다. 그리고 그 장원 안에 한 사내가 서 있었다.

마른 몸에 커다란 키를 지닌 사내였다.

서 있는 것만으로 주변에 서릿발이 몰아치는 것만 같은 느낌을 풍긴다.

키에 맞는 긴 장검을 허리에 차고 있는 그를 향해 적월과 동준이 다가갔다.

'이자가 월영천대의 대주로군.'

보통 무인이 아니다. 몸에서 풍기는 기운이 실로 놀라울 정도다. 나이는 얼추 사십 중후반 정도 되어 보인다.

하지만 어딘지 모르게 살짝 낯이 익다.

예전에 분명 본 적이 있는 자다.

적월이 상대를 보며 예전 기억을 더듬을 무렵 둘은 사내의 지척에 도착했다.

사내가 시선을 돌려 둘을 바라봤다.

그리고는 이내 적월을 발견했는지 그가 입을 열었다.

"그 친구가 교주님이 부탁했다는 그자더냐."

"그렇습니다, 대주님."

적월의 예상대로 이 사내가 바로 월영천대의 대주였다. 사내가 천천히 다가왔다. 적월보다 오히려 더 커다란 그가 손만 뻗으면 닿을 정도로 가까운 거리에 도착했다.

사내는 적월의 위아래를 훑어보기 시작했다.

차가운 눈동자의 그는 이내 고개를 끄덕이며 입을 열었다.

"근골이 괜찮군. 무공도 뛰어나다 들었다. 하지만 미리 말하지만 이곳은 월영천대다. 네가 아무리 뛰어나도 함부로 행동해서는 안 된다. 너 하나보다는 항상 우리를 생각하도록. 이상이다."

"알겠습니다."

적월은 우선 고개를 끄덕이며 대답했다.

하지만 그 사내의 말보다 관심이 가는 것은 바로 얼굴이었다. 기억이 날 듯 말 듯 한 것이 오히려 더 사람을 감질나게 만든다.

간단한 인사를 마치고 돌아서서 걷던 적월의 머리에 갑자기 한 소년의 모습이 떠올랐다 사라졌다.

저자가 누구인지 기억났다.

"아!"

갑작스레 소리치는 적월을 향해 동준이 깜짝 놀라며 물었다.

"왜 그래?"

동준의 질문에 적월이 피식 웃으며 대답했다.

"갑자기 뭔가가 생각나서 말이야. 별일 아니니까 계속 안내 좀 해 줘."

"싱겁긴."

말을 마친 동준이 다시금 월엉천대 내부를 구경시켜 주기 위해 걸었고 그런 그와 동행하며 적월은 방금 전 헤어진 사내의 얼굴을 떠올렸다.

인상이 많이 바뀌어서 한 번에 알아보지 못했다.

하지만 그 큰 키와 눈빛을 보고 적월은 기억 한편에 잠들어 있던 한 사람을 기억해 냈다.

이름은 모른다.

당연했다.

이름조차 들어 보지 못했으니까. 아니, 어쩌면 들었음에도 기억하지 못하는 걸지도 모른다. 그만큼 적월에게 중요치 않은 자였으니까.

제아무리 적월의 기억력이 좋다 할지라도 기억할 리가 없다.

몸종 하나의 이름을.

'몸종이었던 놈이 월영천대의 대주라…… 재밌네.'

적월이 다시금 피식 웃었다.

오전 내내 월영천대 내부를 돌며 구조를 살핀 적월은 식사를 하기 직전이 돼서야 그들을 직접 만날 수 있었다. 적월은 간단한 인사와 함께 월영천대 무인들과 일면식을 마쳤다.

일면식 이후 식사를 하기 위해 식당으로 향하던 적월이 반 시진 전쯤 헤어졌던 동준을 만났다. 적월을 발견한 동준이 먼저 살갑게 다가오며 아는 척을 했다.

"인사는 잘 끝냈어?"

"뭐."

적월은 어깨를 으쓱하며 식당에 들어서 간단한 음식들을 챙겼다. 적월의 맞은편에 앉은 동준이 계속해서 물어봤다.

"어땠냐?"

"별다를 건 없던데."

적월이 음식을 먹으며 대충 대답했다.

명객을 찾기 위해 월영천대 내부로 직접 들어선 적월이다. 하지만 그들을 보면서 딱히 뭔가 이상한 점은 찾지 못했다.

적월이 말을 이었다.

"조금 삭막하긴 한 것 같더군."

"그치? 우리가 조금 그래. 대주님부터가 찬 기운을 풀풀 풍기시고 우리가 맡은 일도 워낙 중책이다 보니 다들 말수도 확 줄어들고 말이야."

"대주님 말이야, 언제부터 월영천대를 맡으신 거야?"

"월영천대 첫 대주시니까 대략 이십 년쯤 됐겠지?"

"이십 년이라."

적월이 나지막이 중얼거렸다.

자신이 죽었을 무렵과 일치한다.

그서 일개 몸종이었던 지가 갑자기 그리 두각을 드러낼 수 있었을까?

말도 안 되는 소리다.

처음부터 그는 헌원기의 심복이었을 것이다.

적월의 옆에 있는 몸종으로 신분을 위장하고 그의 일거수 일투족을 헌원기에게 전했을 게 분명하다.

그리고 용무련 시절 먹었던 마지막 식사.

그때도 그놈이 가지고 왔던 기억이 어렴풋이 난다.

차에 담겨져 있던 독에 당했고, 그 이후에 내공이 약해진 자신을 혈전대가 쳤다.

그 말은 무엇일까?

아마도 용무련의 죽음에 저자 또한 밀접한 관계가 있다는 소리다.

그렇다면 또 궁금증이 생긴다.

헌원기는 혈전대를 버렸다.

그들이 용무련이 죽게 된 과정에 대해 알고 있다는 이유 하나로. 그렇다면 왜 헌원기는 월영천대의 대주를 죽이지 않았을까?

혈전대 전원을 죽이는 것과 일개 몸종 하나를 죽이는 건 차이가 크다.

혈전대를 버릴 때는 죄명을 뒤집어씌워야 했겠지만 겨우 몸종 하나를 죽이는 거라면 헌원기에겐 일도 아니었을 게다.

죽이지 않아도 될 정도로 믿는 자라는 것인가, 아니면…… 죽일 수 없는 자인가.

의심이 갈 수밖에 없는 자다.

적월은 문득 그놈의 이름조차 모른다는 걸 생각했다. 적어도 자신이 죽게 하는 데 일조한 놈이다. 이름 정도는 알아 둬야 하지 않겠는가.

적월이 입안에 든 음식을 삼키고 물었다.

"생각해 보니 아직까지 대주님 성함도 모르고 있군. 어떻게 되시냐?"

"아, 맞다. 넌 마교 내부의 사람이 아니지. 마교에 적을 둔 사람이라면 모를 리가 없어서 당연히 알 거라 생각해 버렸네. 그분의 존함은 극일도(極一桃). 별호는 마중천검(魔衆天劍)이라 불리시지."

"실력은 역시 대단하겠지?"

"그걸 말이라고 하냐. 마교 내에서 다섯 손가락 안에 드는 고수야."

적월은 고개를 끄덕였다.

동준 덕분에 알고 싶어 하던 궁금증 몇 가지가 풀렸다.

대충 식사를 마쳤던 적월에게 갑작스레 동준이 다가왔다. 멀뚱히 쳐다보는 적월을 향해 동준이 유쾌한 목소리로 속삭였다.

"저녁에 시간 어때? 월영천대 내에서 나랑 친한 녀석 몇 명하고 네 환영회라도 할 생각인데."

"환영회라."

적월의 성격대로라면 고민할 것도 없다.

바로 싫다는 말이 반사적으로 튀어 나갔을 것이다. 하지만 적월은 오히려 맘에도 없는 거짓 웃음을 지으며 말했다.

"그거 좋은 생각인데."

귀찮다.

하지만 월영천대로 완벽하게 스며들어야 했다. 그러기 위해서는 이런 사적인 만남도 피해서는 안 됐다. 오히려 이렇게 월영천대 내부의 인물들과 하나씩 가까워지며 그들에 대해 알아야 한다.

명객을 찾고, 헌원기를 흑룡의에서 끌어내려야만 했으니까. 그것이 적월 자신의 복수였고 또 멍청하게 가 버린 추잔양 그놈을 위해서이기도 했다.

그런 적월의 속내도 모르는 동준이 신이 난 듯이 말했다.

"좋아. 그럼 저녁에 코가 삐뚤어지게 마시는 거다."

"나 술 좀 하는데 괜찮겠어?"

"어쭈. 이래 봬도 마교에서 손꼽히는 두주불사(斗酒不辭)가 나거든?"

"그건 이따 보면 알겠지."

말을 마친 적월이 자리에서 일어났다.

천관루(天觀樓).

마교의 외성에 위치한 기루로 무인이라면 기본적으로 한 번쯤은 오게 된다는 곳이다. 값이 비싸지 않은 데 비해 음식도 괜찮고 술의 종류도 다양하다.

그 탓에 마교에 있는 많은 무인들은 이곳에서 모이곤 했다. 항시 문전성시를 이루고 있는 이곳 천관루에 적월이 다른 이들과 함께 모습을 드러냈다.

월영천대의 무인들과 함께 천관루 안으로 들어섰고, 기녀가 그들을 반가이 맞았다.

동준이 기녀에게 인사를 건넸다.

"운령아, 잘 지냈느냐?"

"왜 이렇게 오랜만이세요."

기녀는 눈웃음을 지으며 동준을 맞이했다.

그런 여인을 보며 동준이 호기롭게 말했다.

"요새 이 오라비가 바쁘다 보니 조금 뜸했다. 그래서 오늘 찾아오지 않았더냐."

"됐어요. 이미 다른 기루에 들락거린다는 이야기를 전해 들은걸요."

토라신 듯한 운령이라는 기녀의 밀투에 동준이 가슴을 팡팡 치며 말했다.

"어떤 놈이 그런 소릴 해! 난 그런 적 없느니라. 그보다 오늘 처음 오는 녀석도 함께했으니 신경 좀 써 주거라."

동준의 말에 그제야 운령은 제일 뒤편에 서 있던 적월을 발견했다.

슬쩍 위아래를 훑어보던 운령이 마음에 든다는 듯이 입을 열었다.

"어머, 미남이네."

"운령이 너도 저런 기생오라비 같은 놈을 좋아하느냐?"

"잘생기면 나쁠 것 없죠."

"허어, 사내 볼 줄 모르는구나. 모름지기 사내란 나처럼 호방하고 덩치도 이 정도는 돼야……."

"됐으니까 저나 따라와요. 좋은 방으로 잡아 뒀으니까."

운령이 가볍게 쏘아붙이고는 이내 천관루 안에 있는 방으로 그들을 안내했다. 적월은 천관루를 걸으며 주변을 두리번거렸다.

적월 또한 한때 마교의 교주였던 인물.

이곳을 모를 리가 없다.

다만 적월은 이름만 들었을 뿐이지 이곳에 온 적은 없다.

어릴 적엔 이처럼 누군가와 함께하며 놀 시간 자체가 없었고, 교주가 된 이후로는 이런 사람 많은 기루는 찾지 않았다.

그 탓에 마교인이라면 무조건 거쳐 간다고까지 불리는 천관루에 처음 오는 셈이었다.

꽤나 많은 사람들이 북적인다.

하지만 이 일 층은 가벼운 식사와 술을 즐기는 자리. 이 층부터는 대부분의 장소가 방으로 이루어져 있었다.

그리고 일행이 도착한 곳은 삼 층에 있는 커다란 방이었다.

월영천대라는 이름 덕분에 천관루에서도 이들은 꽤나 호화스러운 대접을 받고 있었다. 처음 함께한 이들과 자리에 앉자 동준이 먼저 기녀에게 음식과 술을 주문했다.

기녀가 나가자 동준이 양쪽의 소개를 시작했다.

"다들 알겠지만 이쪽은 오늘 우리 월영천대에 들어온 적월."

"반갑다. 소양기(蘇陽基)라고 해."

동준과 마찬가지로 호인으로 보이는 자가 먼저 인사를 건넸다. 그리고 그런 그의 옆에서 무뚝뚝해 보이는 사내가 간단하게 인사말을 던졌다.

"나는 청솔(淸率)이라 한다."

딱딱한 말투에 동준이 청솔이라 불리는 사내의 어깨에 손을 걸치며 말했다.

"이렇게 보여도 술 먹는 자리 무시하게 좋아하는 놈이야. 성격들도 다 나쁘지 않으니 친하게들 지내자고. 나이들도 대충 비슷하고."

가장 나이가 많은 청솔과 적월의 나이 차이는 열 살이 넘게 났지만, 동준은 별로 개의치 않게 말했다. 그리고 적월이나 청솔 또한 그런 것에 크게 연연하지 않았다.

자기소개가 끝나고 시시콜콜한 잡담들이 오갈 무렵 커다란 상을 든 기녀들이 방문을 열고 모습을 드러냈다.

중앙에 상을 내려놓은 여인들이 하나씩 그들의 옆에 와서 자리했다.

동준이 다른 세 사람의 잔에 술을 채우고는 시원스레 소리쳤다.

"오늘 코가 삐뚤어지게 마셔 보자고!"

그의 외침에 모두가 좋다는 듯 잔을 높게 치켜들었다.

　　　　　※　　　※　　　※

세 시진 가까운 술자리가 끝나고 일행은 뿔뿔이 흩어졌다. 내공을 사용하지 않고 술을 마신 탓에 모두가 진탕 취해 제대로 발걸음을 가누지 못했다.

그건 적월도 크게 다르지 않았다.

비틀거리며 길거리를 걷던 적월이 이내 커다란 노점 앞에 있는 의자에 걸터앉았다. 자리에 앉은 적월이 주인장을 향해 말했다.

"여기 소면 하나."

흡사 진탕 술을 마시고 해장이라도 하려는 듯한 모습이다. 하지만 그것이 전부가 아니었다.

주문을 받은 주인장이 일에 열중하고, 주변의 모든 사람들 사이에서 적월이 관심을 받지 않게 될 무렵이었다.

적월이 천천히 입을 열었다.

"네가 직접 올 줄은 몰랐는데."

적월의 말에 옆에 앉아 소면의 국물까지 들이마시던 죽립을 쓴 사내가 입을 열었다.

"이번 일은 쉽지 않을 것 같아서요."

말을 마친 사내가 죽립을 슬쩍 올렸다.

얼굴을 드러낸 사내의 정체는 살문 문주 초운학이었다. 그가 호북성에서 멀리 떨어져 있는 이곳까지 온 것이다.

마교의 내성에 들어서는 건 어렵지만 외성은 아니다. 초운학 정도 되는 자라면 얼마든지 신분을 위조해서 드나들 수 있다.

적월은 무림맹을 떠나기 전 살문에 미리 연락을 취한 상태였다. 마교에 가서 명객들을 찾기 위해서는 정보망이 필요했다.

요마인 풍천도 도움이 되겠지만 그놈은 조사에 적합한 놈이지 정보를 구해 올 수는 없다. 그래서 필요한 것이 살문이었다.

도움을 청했지만 이토록 문주인 초운학이 직접 올 줄은 생각도 못했다.

아마도 이번 일이 보통 살문 살수들에게 맡기기에 부담될 정도의 큰 사건임을 직감하고 이곳까지 모습을 드러낸 것이 분명했다.

입가를 닦아 내며 초운학이 입을 열었다.

"소면이 맛있군요."

"많이 먹어 둬. 앞으론 식사하기 힘들 정도로 바쁠 수도 있을 테니."

"그럼 한 그릇 더 먹어 둬야겠군요."

초운학의 말에 적월은 피식 웃으며 품속에 준비해 두었던 조그마한 종이 한 장을 그에게 들이밀었다.

초운학이 종이를 건네받고는 그걸 그대로 품 안에 넣었다.

적월이 나지막이 말했다.

"놈들을 조사해 줘."

"최근 오 년에서 십 년 정도면 되겠습니까?"

"아니. 언제 태어났는지, 뭘 하고 살았는지, 부모는 누군지, 하나도 빠짐없이 전부 알아봐야 돼."

"……쉽지 않겠는데요."

"어려울 거야. 그리고 위험할지도 몰라."

"저희 일이 언제나 그렇죠."

초운학이 자리에서 일어났다.

그가 짧게 예를 취하며 말했다.

"이만 가 보겠습니다."

"그래. 매번 고맙군."

"아닙니다. 다만 잊지는 마셔야 합니다. 저희 살문이 당신을 위해 무엇을 했는지를."

"기억하지."

초운학이 몸을 돌려 군중들 사이로 스며들었다.

그는 뛰어난 살수다.

그리고 살문은 남아 있는 최고의 살수 단체다. 그런 그들이 아무런 대가 없이 적월을 돕지는 않는다.

물론 적월이 비사문을 부쉈고, 그 외에 여러 가지 도움을 주기도 했다. 하지만 그것은 이미 예전의 일. 그런 그가 따르는 이유는 앞으로 적월이 살문에게 많은 걸 안겨 줄 거라는 확신이 있기 때문이다.

적월 또한 그런 초운학의 생각을 알고 있다.

알지만 오히려 나쁘지 않다.

아무 조건 없이 돕는 것보다 확실하게 원하는 무엇인가를 가지고 있는 쪽이 더 믿을 수 있지 않겠는가.

준비는 끝났다.

이제 남은 건 명객을 찾는 일뿐.

바로 그때 적월의 앞에 소면이 날아들었다.

적월은 젓가락을 들고 뜨거운 소면을 후후 불다 입안에 집어넣었다.

국물까지 후루룩 들이켜니 술기운이 확 하고 나가는 느낌이다.

적월이 고개를 끄덕이며 중얼거렸다.

"맛있네."

第八章
포달랍궁
(布達拉宮)

서역에서 왔습니다

 이른 아침 자리에서 일어난 적월이 월영천대를 찾았을 때였다.

 평소에도 아침엔 다들 분주히 움직이긴 했지만 오늘은 뭔가 달라 보였다.

 적월은 제각기 바삐 뭔가를 하고 있는 월영천대 무인들을 바라보다 낯익은 이를 발견했다.

 요새 친하게 지내고 있는 자 중 하나인 소양기였다.

 마교인이라고 느껴지지 않을 정도로 순박하고 착해 보이는 얼굴의 사내. 그를 발견한 적월이 먼저 다가가며 말을 걸었다.

"뭐가 이렇게 바빠?"

"아, 이번에 있는 행사에 관련된 임무 중 하나가 갑자기 우리들에게 떨어졌거든."

"행사?"

적월은 처음 듣는 말에 고개를 갸웃했다.

그러자 소양기가 손바닥을 마주치며 말했다.

"아참, 너는 모르겠구나. 이제 곧 교주님이 즉위하신 지 이십 년이 되는 때라 성대한 잔치가 있어."

"그래?"

적월은 시큰둥하니 대답했다.

적월의 입장에서 헌원기가 즉위한 지 이십 년이 된 것이 그리 유쾌한 일은 아니었다.

반대로 말하자면 자신이 죽은 날을 기념하는 것과 크게 다르지 않겠는가.

어찌 보면 참 재미있는 운명이다.

자기가 죽은 날을 스스로가 기념할 수 있는 자가 세상에 어디 있겠는가.

이내 그 임무가 궁금해진 적월이 물었다.

"그 잔치 때 우리는 교주님만 지키면 되는 거 아니야?"

월영천대의 주 임무는 교주의 호위다.

그랬기에 특별한 일이 있어도 그들의 역할은 바뀌지 않는 것이 다반사다. 하지만 이번에는 그 외에도 뭔가 다른 일이 있는 듯했다.

소양기가 그런 적월의 궁금증을 풀어 주려는 듯이 입을 열었다.

"원래는 그랬지. 그런데 이번에 갑자기 서역에서 손님이 온다며 그들을 마중 나가라고 하던데? 그래서 이렇게 손님 맞을 준비를 하는 거야."

"서역에서까지 온다고?"

적월이 고개를 갸웃했다.

물론 마교가 있는 신강과 서역은 그리 멀지 않다. 하지만 그렇다고 해서 두 곳이 그리 깊은 교류가 있는 것도 아니었다. 서역의 누가 교주의 기념일에 참석하려 한단 말인가.

적월은 퍼뜩 뭔가를 생각해 내고는 설마하며 물었다.

"설마 포달랍궁?"

"맞아."

혹시나 하고 물었거늘 적월의 예상이 정확하게 맞아들었다. 하지만 오히려 자신의 생각이 맞자 적월은 속으로 깜짝 놀라 버렸다.

포달랍궁.

서장 랍살(拉薩) 지역에 위치해 있는 궁전이다. 그 크기는 실로 웅대하고 수많은 중들이 기거하는 곳이기도 하다.

문제는 그들과 마교 사이가 결코 좋지 않았다는 거다.

완전히 다른 뿌리에서 파생된 두 세력은 결코 섞이지 않았다. 그런데 그들이 교주의 기념일을 축하하기 위해 온다니.

이해가 되지 않았지만 적월이 마교를 떠난 지 이십 년이다. 그동안 수많은 변화가 있는 것은 당연하다.

물론 그렇다고 해서 포달랍궁과 마교가 이토록 사람을 보내면서까지 가까이 지내는 것은 무척이나 어색했지만 말이다.

적월의 머리가 빠르게 돌아갔다.

굳이 마교가 포달랍궁과 가까이 지내야 할 이유가 무엇일까?

물론 그들의 힘을 빌리기 위함일 수도 있다. 다만 자신이 죽고 난 이후 벌어진 일이기에 적월은 그리 간단하게만 생각하고 넘어가진 않았다.

뭔가 다른 게 있을 공산이 크다.

명객이 마교를 점령한 이후 생겨난 일이다.

그들이 괜히 그 같은 일을 벌이지는 않았을 것은 자명하다.

포달랍궁에도 그들의 손이 닿아 있고 또 그들을 통해 무엇인가 얻고자 하는 게 있다. 그렇지 않았다면 굳이 서역에 있는 그들과 이같이 돈독한 관계를 유지하고 있지는 않았을

터.

"뭐하러 그 먼 곳에서 이곳까지 와서 사람을 번거롭게 하는지, 원."

적월이 다시금 자신이 할 일을 하기 위해 떠나려는 소양기를 붙잡았다.

"잠깐만. 혹시 나도 가는 거야?"

"넌 아직 임무를 맡기엔 조금 일러서 명단에서 제외됐을 걸. 그냥 이곳에서 훈련하고 있으면 될 거야."

소양기가 부럽다는 듯이 적월에게 말했다.

포달랍궁의 사람들을 마중하기 위해 산을 왕복해야 하니 귀찮아하는 것은 당연했다.

하지만 적월은 달랐다.

"너 대신 내가 가면 안 될까?"

"네가?"

소양기의 표정이 한결 밝아졌다. 하지만 이내 이해가 안 간다는 듯 소양기가 물었다.

"귀찮은 일인데 왜 하려는 거야?"

"나도 슬슬 월영천대에 스며들어야지. 자꾸 혼자 이러고 있으니 겉도는 것 같아서."

"뭐, 큰 임무도 아니고 산 아래 정도 내려갔다가 오는 정도니 별 상관은 없겠지만…… 말 바꾸기 없기다?"

굳이 귀찮은 일을 대신해 주겠다는데 마다할 이유가 있겠는가. 더군다나 적월은 같은 월영천대의 인물이다. 허락만 받는다면 불가능한 일도 아니다.

 적월이 변함없는 표정으로 고개를 끄덕이자 소양기가 주먹을 불끈 쥐며 소리쳤다.

 "좋았어! 귀찮았는데 잘됐네. 부대주님한테는 내가 말해서 너랑 나랑 바꿔 달라고 할게. 귀찮은 일 대신해 주니 나중에 술 한잔 사마."

 "그럼 환영이지."

 적월이 소양기의 말에 좋다는 듯 고개를 끄덕였다.

 소양기는 신이 난 듯 부대주에게 보고하겠다며 안쪽으로 뛰어 들어갔고, 적월은 그런 그를 가만히 바라보았다.

 월영천대가 마교를 나선 것은 점심 식사를 마치고 얼마 되지 않은 미시(未時) 무렵이었다.

 그 숫자는 스무 명으로 나머지 인원은 교주인 헌원기를 지키기 위해 마교에서 대기하고 있었다. 그리고 일행을 이끄는 이는 부대주 배운산(裵雲山)이라는 자였다.

 찬바람을 풀풀 풍겨 대는 대주 극일도와는 달리 배운산은 대원들과 무척이나 사이좋게 지내는 자였다.

 선두에 선 그가 일행들을 이끌고 천산을 내려가고 있었다.

이 무리에 끼게 된 적월 또한 그 뒤를 조용히 쫓고 있었다. 적월의 옆에는 동준이 함께하고 있었다.

동준은 적월을 향해 계속해서 투덜거리고 있는 중이었다.

"아니, 바꿀 거면 나랑 바꾸든지. 네 덕분에 소양기 그놈은 편안한 바닥에 누워서 먹을거리나 처먹고 있을 거 아냐."

"귀에 딱지 앉겠다."

동준은 적월이 소양기와 임무를 바꾼 것이 못내 불만스러웠는지 산을 내려오는 내내 같은 말을 반복하고 있었다.

계속해서 불만을 토해 내려던 동준이었지만 그때 선두에 서 있던 대원 하나가 소리쳤다.

"앞에 보입니다!"

"좋아, 서둘러 간다."

배운산의 짧은 명에 월영천대 무인들은 모두 입을 닫고 움직였다.

마교 교주의 직속 호위대.

그들은 자신들의 이름이 얼마나 커다란지 잘 알고 있었다. 결코 상대에게 얕보여서는 안 된다. 평소 말 많던 동준도 입을 굳게 걸어 잠그고 두 눈을 부라렸다.

적월은 그런 무리에 섞여 서장에서 온 손님들을 맞이하기 위해 움직였다.

선두에 선 무인의 말대로 그리 멀지 않은 곳에 일련의 무리들이 걸어오고 있었다. 그들의 행색은 중원의 것과는 살짝 달랐다.

수많은 중들의 모습이 눈에 들어온다.

하지만 있는 것은 중들만이 아니었다.

덥수룩한 장발의 사내들도 있었고, 여인들도 있다.

그저 포달랍궁의 사람들만 찾아온 것은 아닌 듯했다.

외인의 등장에 그들은 발을 멈추고 이쪽의 신원을 확인하는 듯했고, 배운산이 그들에게 다가가 먼저 정체를 밝혔다.

"월영천대 부대주, 배운산입니다."

배운산의 정체를 알자 그 무리에서도 한 명의 중이 걸어 나왔다.

나이는 서른이 조금 넘어 보였지만 몸에서 풍기는 기운은 그 누구도 범접하기 힘들 정도였다.

엄청난 고수다.

"달라지문(達羅知問)이라 합니다. 이토록 직접 마중을 나오시니 저희로서는 감읍할 따름입니다, 아미타불."

짧은 인사를 마치고 월영천대가 포달랍궁의 인물들을 지키듯 감쌌다. 그리고 선두에는 배운산이 섰다.

"이곳부터는 제가 안내하겠습니다."

달리지문이 고개를 끄덕였다. 그러자 배운산이 일행을 이끌고 마교로 향하는 길을 거슬러 올라가기 시작했다.

그리 넓지는 않지만 잘 포장된 길로 마차를 비롯한 일행을 안내했다.

적월은 중앙쯤에 서서 일행들을 살폈다.

뭔가 이상한 점을 찾기 위해서였다.

보이는 것은 세 대 정도의 마차. 그것을 호위하는 무인들. 그리고 포달랍궁의 승려…….

딱히 수상한 것은 보이지 않는다.

물론 이렇게 보는 것만으로 찾을 수 있을 거라 생각하지는 않았지만.

적월의 시선이 마차로 향했다.

세 대의 마차에는 사람이 타고 있거나 아니면 많은 짐이 실려 있었다. 아마도 저 물건들은 교주 헌원기에게 진상하려는 선물일 것이다.

마차 옆에서 나란히 걷고 있던 적월은 갑작스럽게 자신을 향하는 시선을 느끼고는 옆쪽으로 고개를 돌렸다.

그 순간 마차의 창문턱에 턱을 괸 채로 자신을 바라보는 젊은 여인과 눈이 마주쳤다.

하늘거리는 천으로 얼굴의 일부를 가리긴 했지만, 그 안이 훤히 들여다보였다.

여인은 아름다웠다.

하얀 피부에 턱을 괸 손가락은 얇고 길다. 연하게 뿌린 기분 좋은 향이 코를 간질인다.

보통 사내라면 눈이 마주친 것만으로 놀라 고개를 돌렸겠지만 적월은 그렇지 않았다. 자신을 바라보는 시선에 오히려 빤히 상대를 응시했다.

자신의 시선을 피하지 않는 적월을 향해 여인이 입을 열었다.

"당신도 월영천대?"

"그렇습니다."

"흐음."

짧은 콧소리와 함께 여인이 다시금 창문에서 멀어졌다. 하지만 그 이후에도 적월은 걷는 내내 불편한 시선을 느껴야만 했다.

창 안에서 여인이 계속해서 자신을 보고 있음이 느껴졌다.

알았지만 적월은 별다른 내색을 하지 않았다.

지금 적월은 이 무리에 대해 파악하는 것이 더 급했기 때문이다. 이들의 숫자를 비롯해 사소한 많은 것들을 머리에 담았다.

당장엔 아무것도 알아내지 못할 수 있지만, 우선은 알아둬야 한다.

그 이후엔 살문과 풍천을 이용해 조사를 시킬 것이다. 개중에서 수상한 점을 찾아야 하고, 또 그곳에서 마교에 숨겨져 있는 명객과의 관련성을 발견해야 한다.

그렇게 목적지인 마교까지 반쯤 왔을 때였다.

잠시 쉬기 위해 마차를 멈추었을 무렵 창문으로 이번엔 다른 사람이 고개를 꺼냈다.

나이가 지긋해 보이는 노파였다. 노파가 적월을 향해 입을 열었다.

"주인님께서 이곳에 대한 이야기를 듣고 싶다고 타라고 하신다."

"저 말입니까?"

"그래, 너 말이다."

노파가 주름이 자글자글한 손가락으로 적월을 가리키며 말했다.

적월 또한 이미 바깥에서 알아볼 만한 것들은 모두 머리에 담은 상태였다.

여인의 부름을 딱히 피하지 않았다. 오히려 마차 안을 살피고, 이들에 대해 들을 수 있는 절호의 기회가 될지도 모른다.

노파가 문을 살짝 열자 적월은 천천히 발걸음을 옮겨 마차 위로 올라섰다.

적월이 마차에 들어서자 노파가 기다렸다는 듯이 문을 닫았다.

바깥에서도 느꼈지만 마차 안에 들어서니 향기가 더욱 짙어졌다. 마차는 무척이나 화려했고, 또 독특했다.

마차 안에는 아까 보았던 젊은 여인과 노파, 이렇게 단둘이 자리하고 있었다.

적월이 먼저 포권을 취하며 말했다.

"월영천대 무인 적월입니다."

"앉아요."

여인의 말에 적월은 자리에 앉으며 주변을 슬쩍 훑어봤다.

짐이 실려 있는 마차와는 달리 딱히 다른 무엇인가가 보이지 않는다.

다만 여인은 적월의 손바닥보다 조금 더 큰 상자를 자신의 무릎 위에 올려 두고 있었다.

상자는 보석이 잔뜩 박혀 있어 한눈에 봐도 무척이나 값비싸 보였다. 그런 상자 안에 든 것이 무엇인지 모르겠지만 그 또한 보통 것은 아니리라.

하지만 적월은 그런 비싼 물건에 별다른 관심이 없어 시선을 돌렸다.

대충 마차 안의 탐색은 끝났다.

그렇다면 남은 것은 눈앞에 있는 이 여인의 정체다. 때마침 여인이 천천히 입을 열었다.

"뭐, 묻고 싶은 게 있나요?"

"눈치가 빠르시군요."

"얼굴에 쓰여 있는 걸요. 저도 묻고 싶은 게 많은데 먼저 물어봐요."

"별건 아닙니다. 그냥 오늘 포달랍궁의 승려분들만 오시는 줄 알았는데 그 밖의 사람들도 있어서 누구신지 궁금했을 뿐입니다."

"탈랍의 사람들입니다."

"탈랍이요?"

"중원으로 치자면 세가 정도로 생각하면 되겠네요. 이들은 모두 저의 가문을 따르는 수하들이랍니다."

적월은 이해가 갔다는 듯 고개를 끄덕였다.

서역에서 포달랍궁과 탈랍이라는 가문의 자들이 헌원기를 축하하기 위해 동행한 모양이다.

적월은 이내 여인을 바라보며 물었다.

"그렇다면 당신은……."

"낟랍의 가주랍니다."

여인이 눈웃음치며 대답했다.

적월은 여인의 겉모습을 다시 한 번 살폈다.

가주의 지위에 올라 있기에는 너무나 어려 보인다. 기껏해야 스무 살 후반 정도로 보일 정도니 이상할 법도 하다. 하지만 적월은 그런 것에 크게 개의치 않았다.

서역은 이곳과 다를 수 있고, 실제 보이는 것보다 나이는 얼마든지 많을 수 있다.

다만 궁금한 것은 이들이 어떤 목적으로 교주를 만나는가다.

"교주님은 잘 계시지요?"

"네, 정정하십니다."

"다행이네요. 예전에 뵀을 때에 큰 신세를 져서 이렇게 직접 축하를 드리러 가고는 있긴 한데……."

"저 마차들이 탈랍의 것인가 봅니다?"

"네, 저희가 준비한 물건들이에요. 빈손으로 올 수 없잖아요. 체면이 있는데."

솔직하니 대답하는 여인이 기분 좋게 웃어 보였다.

하지만 그 속내를 알지 못하는 탓인지 적월은 그리 여인의 웃음이 좋게만 보이지 않았다. 그리고 결정적으로 자신을 바라보는 눈동자는 왠지 모를 불쾌감이 들게 한다.

흡사 오래전 보았던 승상 주천영의 딸 주영령을 마주한 기분이다.

그 이후에도 여인의 질문은 계속됐다.

질문에는 별반 특별하지 않은 것도 있었고, 마교에 들어온 지 얼마 되지 않는 적월로서는 대답하기 애매한 것들도 있었다. 하지만 적월은 최대한 여인과 많은 대화를 섞기 위해 아는 한도 내에서는 성심성의껏 대답했다.

그렇게 둘의 대화가 시작된 지 이각가량이 지났다.

여인의 말을 듣고 있던 적월은 점점 기분이 이상해지고 있음을 느꼈다.

뭔가 묘한 느낌이 전신을 휘감는다. 그것은 기분 좋은 감각이었다.

알아차리기 힘들 정도의 미세한 느낌이었다. 하지만 다른 이도 아닌 적월이다. 그가 이런 몸의 변화를 알아차리지 못할 리가 없었다.

'뭐지?'

아직까지는 크게 이상할 것도 없고, 신체에 변화도 없다. 하지만 불쾌한 무엇인가가 점점 적월의 몸속으로 스며들고 있는 건 분명했다.

적월은 이내 상황을 알아차렸다.

'미향(微香) 때문이군.'

이 은은하게 풍기는 향기가 원인이다. 처음엔 단순히 여인이 치장할 때 쓰는 향료라고 생각했다. 하지만 아니다.

이건 그냥 단순한 향료가 아닌 사람을 중독시키는 마약의 일종이다.

너무나 미미했기에 바로 알아차리지 못했지만 신체에 영향을 끼치는 바로 그 순간 적월의 감각이 발동한 것이다.

무슨 용도로 사용하는 건지는 모르겠지만 무엇인가 좋지 못한 꿍꿍이가 있는 것은 자명한 노릇.

'우선은 이곳에서 나가야겠군.'

당장에 이들을 때려눕히고 이유를 캐물을 수도 없는 상황이다. 우선은 마차에서 빠져나가는 것이 급선무였다.

왜 이 같은 일을 했는지 밝혀내는 것은 그 이후의 문제다.

적월은 일부러 부산스레 이야기를 꺼냈다.

"아참, 부대주님께서 시키신 일이 있었는데 깜빡했습니다. 저는 이만 나가 봐야겠습니다."

"……그래요."

"뵙게 돼서 영광이었습니다."

포권을 취한 적월은 바로 마차를 빠져나와 일부러 부대주가 있는 쪽으로 걸어갔다.

그리고 멀어지는 적월을 바라보던 젊은 여인이 마차의 창문 위에 걸쳐져 있는 휘장을 내렸다.

촤르륵.

휘장이 내려가며 마차 안은 아주 잠시 동안 침묵에 잠겼다.

여인이 먼저 입을 열었다.

"흐음, 너무 절묘하게 빠져나가는데. 설마 알아차린 건 아니겠지? 흑노?"

"그럴 리가요. 그냥 운 좋게 빠져 나간 것 같습니다."

"탐나는 몸뚱이를 가졌어. 그리고 내력도 제법 되는 것 같고. 섭혼향(攝魂香)을 이쯤 맡았으면 슬슬 눈이 풀려야 했는데 또렷이 말도 잘하더군."

"주인님, 우선은 교주와의 만남에 집중하시는 것이 좋으실 것 같습니다."

"알아. 아는데…… 그런 노인네보다는 젊은 놈에게 더 관심이 가는 건 당연하잖아?"

말을 마친 여인은 자신의 손에 들린 상자를 바라봤다. 여인의 입가에 미소가 걸렸다. 이 상자는 여인에게 엄청난 부와 권력을 안겨다 줄 것이다.

상상만으로도 즐거웠는지 여인이 웃음을 터트렸다.

   ＊ ＊ ＊

마교의 본거지에 포달랍궁의 승려들이 모습을 드러냈다. 그리고 그들과 동행한 탈랍이라는 가문의 사람들은 바로 자신들이 챙겨 온 선물들을 우선은 창고로 옮겼다.

그러는 사이 탈랍의 가주인 여인은 어딘가로 향하고 있었다.

귀빈 대접을 받으며 그녀가 향한 곳은 다름 아닌 교주 헌원기의 처소였다.

헌원기의 처소는 평소 철통같은 보안을 자랑했지만 오늘만큼은 조금 달랐다.

월영천대의 일부 무인들이 있긴 했지만 그들은 교주와 어느 정도 거리가 있는 상태에서 외부의 건물을 지키고만 있었다.

실질적으로 교주가 있는 곳에서 반경 이십 장 안에는 그 누구도 없는 상태였다.

그런 헌원기의 거처에 그 여인이 들어선 것이다.

여인은 도도하게 걸음을 옮겼다. 여인의 뒤에는 마차에서도 동행하던 흑노라 불리는 노파가 자리하고 있었다.

걸음을 옮기던 그녀의 발걸음이 이내 헌원기의 처소 앞에 이르자 멈추어 섰다.

흑노는 바로 여인의 앞을 가로막고 있는 문을 열고 옆으로 물러섰다. 그리고 방 안에서 미리 기다리고 있던 헌원기가 모습을 드러냈다.

여인을 발견한 헌원기가 자리에서 일어났다.

그리고 이내 헌원기가 하는 행동은, 왜 그가 주변에 있는 모든 이들을 물렸는지 이해할 수 있게끔 했다.

마교 교주인 그가 머리를 조아렸다.

믿을 수 없는 일이었다.

마교의 교주다.

그는 무림의 황제와도 같고, 그나마 동급이라 볼 수 있는 무림맹주라 할지라도 그의 머리를 굽히게 할 수는 없다. 하지만 이 여인을 앞에 두는 그 순간 헌원기가 고개를 숙였다.

그것도 서슴없이 말이다.

헌원기가 다소 경직된 목소리로 말했다.

"오셨습니까, 백노."

"오랜만이군요, 헌원기."

가벼운 목례로 인사를 대신한 여인이 사뿐사뿐 걷더니 의자에 가 걸터앉았다. 그녀가 앉자 그제야 헌원기도 건너편에 자리했다.

헌원기가 입을 열었다.

"오신다는 소리는 들었습니다만 갑자기 어인 일이신지요."

"내가 못 올 곳을 왔나요?"

"그럴 리가요. 그저 궁금해서 여쭙는 겁니다. 마지막으로 뵌 것이 십 년 전인지라……."

솔직히 말해 헌원기는 백노를 보고 싶지 않았다.

마교의 교주는 헌원기 자신이지만 이 여인은 그런 자신의 위에 있는 자다. 그런 자를 만나는 사실이 썩 달가울 리가 없다.

이 여인을 처음 본 것은 대략 삼십 년 전이다. 그때도 지금 모습 그대로였고, 아마 앞으로도 이 모습 그대로일 것이다.

헌원기의 질문에 백노가 대답했다.

"찾던 것을 찾게 돼서요. 마침 이번에 당신의 기념 잔치가 있다 하더군요. 그래서 당신을 통해 전할 물건이 있어 찾아왔어요."

"전할 물건이라면……?"

헌원기가 되묻는 순간 백노는 손에 들린 고급스러운 상자를 그에게 들이밀었다. 헌원기는 자신의 눈앞에 놓인 상자를 말없이 바라봤다.

상자를 바라보는 헌원기가 물었다.

"이걸 누구에게 전해 달라는 겁니까?"

"혈왕 님께 전하세요."

"그, 그분에게 전할 물건이란 말입니까?"

혈왕에게 전할 물건이라는 말에 헌원기의 두 눈이 크게 뜨였다.

헌원기 또한 단 한 번밖에 만나 본 적이 없는 자다. 하지만 그 한 번만으로 헌원기는 혈왕에게 충성할 수밖에 없었다.

그의 커다란 힘 앞에, 세상 무서울 것 없던 젊은 시절의 헌원기는 처음으로 무릎을 꿇었다. 공포를 느꼈고, 경외를 느꼈다.

대적하기보다는 그를 따르기로 마음먹었고, 덕분에 뒤늦게나마 이렇게 교주가 되었다. 그리고 그가 원한다면 자신의 자리는 또다시 바뀔 수 있음을 헌원기는 너무나 잘 알고 있었다.

혈왕에게는 그런 일 정도는 아무런 것도 아니었으니까.

대체 그에게 전할 물건이라니, 안에 무엇이 들었는지 궁금함이 치밀었다. 아무 생각 없이 막 상자를 열려는 바로 그때였다.

백노의 눈동자가 날카롭게 변했다.

"그 손 치워요. 만약 상자를 열어 안을 확인하게 되면……당신은 죽어요."

꿀꺽.

헌원기는 마른 침을 삼켰다.

허언이 아니다.

정말로 백노는 헌원기 자신을 죽이려 들 것이다.

그만큼 이 안에 든 물건이 중요한 것이라는 소리리라.

"서역을 맡고 있는지라 제가 직접 그분에게 전해 드릴 수 없으니 당신 아래에 있는 명객들을 통해 혈왕 님께 전해 줘요. 그게 당신의 임무예요. 그 이상은 알려고도 하지 말고…… 알아서도 안 돼요. 알죠? 주제 이상을 가지려 하면 어떻게 되는지."

포달랍궁(布達拉宮) 239

알고 있다.

그랬기에 헌원기는 상자로 향했던 손을 거두었다.

궁금했지만 그렇다고 해서 목숨을 걸면서까지 안의 내용을 살필 생각은 없었다.

헌원기는 상자를 들고 자신의 집무실 한편에 있는 조그마한 그림을 옆으로 틀었다.

그러자 벽면의 일부가 툭 하는 소리와 함께 튕겨져 나왔다.

그리고 그 벽면을 열자 안에는 조그마한 장소가 드러났다.

비밀스러운 것들을 감출 때 쓰는 장소다. 몇 권의 책들 위에 조심스레 상자를 올려놓은 헌원기는 이내 벽을 꾹 누르며 그림을 원상태로 돌렸다.

그러자 갈라졌던 벽은 언제 그랬냐는 듯 멀쩡하게 변해 버렸다.

대대로 교주만이 아는 비밀 장소였기에 마교 내에서도 이만큼 안전한 장소는 없다.

상자를 벽 안의 비밀 장소에 감춘 헌원기가 백노를 향해 다가가 말했다.

"잔치가 끝나고 슬슬 보는 눈들이 없어질 때쯤 보내도록 하지요. 일주일 정도 후가 될 것 같습니다."

"좋아요. 어차피 저도 그때쯤 떠날 생각이었으니까요. 출

발하는 걸 보고 떠나면 되겠군요."

상자를 건넨 여인의 표정은 후련해 보였다.

그리고 한편으로는 만족스러워 보이는 미소까지 지어 보였다.

서역은 화려함을 좋아하는 여인에게 무척이나 고통스러운 곳이었다. 그곳의 사내들은 여인의 취향이 아니었고, 관심을 끌 만한 것은 단 하나도 없었다.

하지만 혈왕의 명이었기에 서역에서 수십 년을 보냈다. 하나 이제는 아니다. 이 물건을 혈왕에게 전하게 된 이상 백노는 다시금 중원으로 돌아갈 수 있을 것이다.

여유 있게 의자에 앉아 있던 백노가 문득 생각이 났는지 입을 열었다.

"아참, 오는 길에 호위를 받았는데 거기에 마음에 드는 놈이 하나 있더군요. 당신의 휘하에 있는 자라고 하던데요."

"누굴 말씀하시는 겁니까?"

"월영천대 소속 적월이라고 하더군요."

"아…… 그 녀석."

적월을 기억하고 있는 헌원기는 이내 누군지 알겠다는 듯이 고개를 끄덕였다.

그런 헌원기를 향해 백노가 탐욕스러운 표정으로 말했다.

"그 아이를 가지고 싶은데 줄 수 있어요?"

"그것이……"

헌원기가 애매한 표정을 지어 보였다.

적월이라면 헌원기 또한 맘에 들어 거둔 자다. 이대로 키운다면 분명 자신에게 커다란 힘이 되어 줄 수 있을 게 분명했다.

재능도 있고 눈치도 있다.

그런 적월을 백노에게 주고 싶지 않은 것이었다.

문제는 상대가 헌원기가 함부로 할 수 없는 자라는 것이다. 자신이 원하지 않는다 해서 그 뜻을 곧이곧대로 받아 줄 상대가 아니라는 거다.

알고 있다.

백노의 눈에 들었고 그녀가 원한다면 헌원기로서는 무엇이든 내줄 수밖에 없다는 것을. 그리고 백노가 원해서 데리고 간 이들의 말로가 어찌 되는지도 너무나 잘 알고 있다.

그래도 못내 아쉬웠는지 헌원기가 말을 이었다.

"재능도 있고 쓸 만한 재목이 될 놈입니다."

"그래서요?"

"그냥 제가 데리고 있으면 안 되겠습니까?"

헌원기의 조심스러운 말에 백노가 픽 웃으며 천천히 입을 열었다.

"헌 교주. 제가 지금 부탁하는 걸로 보여요?"

"……"

"갖고 싶어요. 그러니까 줘요. 마지막으로 하는 말이에요. 갖고 싶은 걸 못 가지면 제가 어떻게 변하는지…… 잘 알죠?"

헌원기는 입을 꾹 닫았다.

적월이라는 놈이 아깝긴 했지만 백노가 이렇게까지 말하는 이상 어쩔 수 없다.

헌원기는 혈왕의 마음에 들어 마교의 교주까지 오른 자다.

무엇을 버려야 할지, 무엇을 욕심내야 할지 잘 알았기에 이렇게까지 성공할 수 있었다. 그리고 그건 지금도 마찬가지였다.

헌원기가 고개를 끄덕였다.

"정 원하시면 가져가시지요. 단, 시간을 조금만 주셨으면 합니다. 놈에게서 받기로 한 것이 있어서요."

"제가 가기 전까지 되겠어요?"

"일주일이라면…… 충분할 겁니다."

백노가 자리에서 일어났다.

해야 할 모든 일을 끝냈으니 이곳에 더 있을 생각은 없었다.

백노가 웃으며 헌원기를 향해 말했다.

"그럼 잔칫날 뵙도록 해요."

말을 마친 백노가 막 방을 빠져나가려다가 갑자기 멈추어 섰다. 고개를 돌린 그녀가 환하게 웃으며 말했다.

"아참, 축하드려요. 아직까지 죽지 않고 교주의 자리에 계신 걸."

비꼬는 듯한 말투에 헌원기는 기분이 나빴지만 전혀 그런 내색을 하지 않았다.

웃으며 가벼운 목례를 한 그는 방에서 백노가 사라지자 이내 표정을 구겼다.

"건방진 계집."

분노가 치밀지만 자신이 어찌할 상대가 아니다. 오히려 잘 보여야만 하는 자였기에 이 분한 속내를 드러낼 수가 없었다.

헌원기의 시선이 이내 상자가 감춰져 있는 비밀 장소로 향했다.

저 안에 무엇이 들었기에 오랜 시간 모습을 감췄던 백노가 직접 나타난 것인지 모르겠다.

'대체 저게 무엇인지 모르겠군.'

궁금했지만 헌원기는 상자 안을 확인한다거나 하는 어리석은 행동을 취하지 않았다. 그것이 목숨을 부지하는 길임을 너무나 잘 알았기에.

第九章
흑백쌍노
(黑白雙老)

그들이 왔다고?

"탈랍의 가주가 왔다고?"

"응."

깜짝 놀란 듯이 되묻는 몽우를 보며 적월이 이상하다는 표정으로 그를 바라봤다. 하지만 뚫어져라 쳐다보는데도 불구하고 몽우는 바로 적월의 시선을 알아차리지 못했다.

잠시 뭔가를 생각하는 듯하던 몽우는 이내 적월의 시선을 느끼고는 황급히 말했다.

"아아, 미안. 잠깐 생각 좀 하느라고."

"뭘 생각하기에 쳐다보는 것도 모르고 계속 딴짓이냐."

평소의 몽우였다면 상상도 못 할 일이다.

적월이 묘한 시선으로 그를 바라봤다. 그리고 몽우는 그런 적월의 눈빛에 속내를 드러냈다.

"그 여자 명객이야."

"명객?"

"응. 그것도 무척이나 질이 안 좋은 여자지. 혹시 너는 무슨 일 없었어?"

"별일은 없었고…… 그냥 자기가 타고 있던 마차에 잠시 날 태우던데? 아참, 그 마차에서 이상한 약을 풍겨 댔었고."

"섭혼향인가 보네."

몽우는 모든 걸 꿰뚫어 보듯이 말했다.

그게 뭐냐는 듯한 시선으로 바라보는 적월을 위해 몽우가 말을 이어 나갔다.

"사람의 혼을 점점 뺏어 가는 약이야. 처음엔 환각 상태에 빠지게 되지만 중독되어 계속 사용하다 보면 결국 죽음에 이르게 되지."

"근데 그런 걸 왜 나한테 쓰는 거야? 내 정체도 모르는 것 같던데."

"네가 갖고 싶었나 보지."

"날? 왜?"

"얼굴 반반한 사내에 환장하거든. 탈랍 본거지에 가면 그런 사내들이 가득하다더군. 아, 물론 섭혼향에 중독된 자들이 대부분이겠지만."

"별 이상한 취향도 다 있군."

이해 안 간다는 듯 고개를 젓는 적월을 향해 몽우가 물었다.

"혹시 마차에 그 가주라는 작자 하나만 있었냐?"

"아니. 나이 들어 보이는 노파가 하나 더 있었지. 그건 왜?"

"예상대로 흑백쌍노가 같이 움직였군."

"흑백쌍노?"

"그들의 이름이야. 젊어 보이는 여자가 백노, 늙은 노파가 흑노라고 불리지. 둘은 친자매고 믿기 어렵겠지만 젊어 보이는 그 가주가 언니야."

적월은 고개를 끄덕였다.

너무나 충성스러워 보이는 모습과 주인님이라는 호칭을 사용하던 노파였다. 닮은 점도 없었기에 둘이 혈연관계일 거라고는 생각도 하지 못했다.

하지만 지금 중요한 것은 그것이 아니었다.

적월의 의문스러운 표정으로 중얼거렸다.

"외부에 있는 명객이 마교에 들어왔다라…… 그냥 축하를 해 주러 온 건 아닐 텐데 말이야."

말을 마친 적월이 몽우를 바라봤다.

몽우가 고개를 끄덕였다.

"내 생각도 마찬가지야. 그들은 인주(人主)의 직속 휘하에 있는 자들이거든. 별일 없이 움직였을 리는 없지."

인주의 직속 수하라는 말에 적월은 더더욱 관심이 가는 모양이었다.

몽우를 통해 명객들의 우두머리인 혈왕과, 그를 따르는 네 명의 회주가 있다는 말을 이미 전해 들은 후였다. 그런 와중에 인주에 대한 이야기가 나오니 궁금한 것은 당연했다.

흑백쌍노는 명객 중에서도 나름대로 서열이 높은 자들이다. 여태 적월이 싸워 왔던 명객들과는 그 급이 다른 여인들.

그런 흑백쌍노가 이유 없이 마교에 왔을 리가 없다는 생각이 들었다.

그때 몽우가 말했다.

"내가 알기로 인주는 아주 오래전부터 혈왕의 명을 받고 뭔가를 찾고 있다고 들었는데…… 혹시 그건가?"

"찾고 있다는 게 뭔데?"

"나라고 전부 다 알겠냐? 봐야 알지."

몽우가 웃으며 대꾸했다.

그런 몽우를 바라보던 적월의 머리에 퍼뜩 뭔가가 떠올랐다. 그건 다름 아닌 탈랍의 가주라 했던 백노가 들고 있던 값비싸 보이는 상자였다.

당시엔 그냥 가볍게 흘겨보고 말았는데 몽우의 말을 들으니 갑작스레 떠오른 것이다. 적월의 표정 변화를 느껴서일까?

"왜? 뭔가 생각나는 게 있어?"

"하나 있긴 하군."

"뭔데?"

"상자 안에 들어 있어서 뭔지는 모르겠는데 이만한 크기의 비싸 보이는 상자를 꼭 안고 있더군."

적월은 손으로 대충 상자 크기를 그려 보이며 말했다. 그리고 그 말을 듣자 몽우가 고개를 끄덕이며 대답했다.

"의심스럽긴 하군. 명객 중에서도 제법 알려진 자들이거든. 그런 그들이 그토록 소중히 여길 물건이라면 역시…… 혈왕이 찾는 물건이겠지?"

"그럴 가능성이 크지."

적월이 고개를 끄덕였다.

그리고 그런 적월을 곁눈질로 살피던 몽우가 웃는 얼굴로 물었다.

"어쩔 생각이야?"

"알면서 왜 물어."

적월이 퉁명스레 대답했다. 그 말에 몽우가 시원하게 웃음을 터트렸다.

"하하! 그래, 뭔지는 모르겠지만 혈왕이 필요해하는 물건을 그냥 손에 들어가게 할 수는 없지. 안 그래?"

"당연하지. 그토록 오랫동안 찾을 정도의 중요한 물건이라면 뭔지도 궁금하고 말이야."

말을 마친 적월이 자리에서 일어났다.

그녀들이 오자마자 교주인 헌원기의 거처를 찾아간 것을 잘 알고 있다. 흑백쌍노라는 그들이 괜히 먼저 헌원기를 찾은 것은 아닐 것이다. 추후의 일에 대해 논의를 하기 위함일 수도 있고, 아니면 그 물건을 건넸을 수도 있다.

혹시나 흑백쌍노가 그 이후에 다른 누군가를 만났을지도 모른다는 생각에 그들의 오늘 일거수일투족을 알아보기 위해 나가려는 것이다.

자리에서 벌떡 일어난 적월이 방을 나가자 웃고만 있던 몽우의 얼굴 표정이 천천히 변했다.

미소로 가득했던 몽우의 얼굴이 딱딱하게 굳어 있었다.

그가 나지막이 입을 열었다.

"……아직은 안 돼."

* * *

밤공기가 무척이나 차가웠다.

들이마셨던 숨이 바깥으로 내뱉어지며 하얀 입김을 뿜어 댔다. 홀로 밖에 나와 돌계단에 앉아 있던 설화는 입에서 흘러나오는 새하얀 입김을 말없이 바라보고 있었다.

"하아."

한숨과 함께 다시 한 번 입김이 새어 나온다.

새하얀 그녀의 얼굴이 추위 때문에 살짝 빨갛게 달아올라 있었다. 어두운 밤이 되니 설화의 하얀 얼굴이 더욱 도드라졌다. 흡사 눈과도 같이 깨끗하고 아름답다.

설화가 그렇게 뭔가를 고민하고 있을 때 오 장 정도 떨어져 있는 몽우의 거처 문이 열렸다.

끼익.

소리와 함께 걸어 나온 몽우와 설화의 눈이 마주쳤다. 몽우가 가볍게 웃으며 다가왔다.

"밤늦게 뭐 하십니까?"

"그러는 몽 소협은요?"

"잠이 안 와서 잠시 산책 좀 하려고 합니다."

"그럼 그러세요."

말을 마친 설화는 돌계단에서 일어나 자신의 방으로 걸어 들어갔다. 그리고 그런 그녀를 웃으며 바라보던 몽우가 입을 열었다.

"요마 님."

흑백쌍노(黑白雙老) 253

몽우의 말이 떨어지기가 무섭게 돌계단 옆에서 모습을 감추고 있던 풍천이 천천히 걸어 나왔다. 겁먹은 표정으로도 자신 앞에 서 있는 풍천을 보며 몽우가 재미있다는 듯이 말했다.

"설 소협이 뭔가 걱정이 있는 듯하군요. 가서 그분의 마음이나 달래 주는 게 좋지 않을까요? 그렇게 절 의심스러운 눈빛으로 쳐다보지 마시고."

"나는…… 명객을 믿지 않습니다."

풍천이 힘겹게 말을 내뱉었다.

솔직히 말해 무섭다.

명객이라는 존재가 얼마나 두려운 자들인지 풍천은 누구보다 잘 알았다. 더군다나 이 몽우라는 자는 적월 또한 내심 인정하고 있는 강자다. 명객 중에서도 대단한 실력을 지닌 자.

명객을 두려워하는 풍천에게 몽우는 무척이나 어려운 상대다.

애써 담담한 척 말하고 있지만 다리가 후들거린다. 그것만으로도 지금 풍천이 얼마나 겁을 집어먹었는지 알 수 있을 정도였다.

그런 풍천을 향해 몽우가 대답했다.

"나 또한 믿지 않습니다. 명객도, 인간도, 또 요마인 당신조차. 하지만…… 그 친구는 조금 믿고 있지요."

"그게 무슨……."

"이야기는 여기까지. 달이 참 아름답군요. 이런 날은 역시 달을 벗 삼아 한잔해야 하는데."

말을 마친 몽우가 달을 보기 위해 치켜들었던 고개를 내려 풍천을 바라봤다. 그리고는 여전히 알 수 없는 미소를 머금은 채로 말했다.

"그럼 전 이만."

말을 마친 그가 종종걸음으로 천천히 풍천의 시야에서 멀어졌다.

몽우는 혼자 걸었다.

무척이나 천천히, 그리고 느릿하게 걸었다.

그런데 신기하다.

사람이 많은 곳에 섞여 있음에도 불구하고 그 누구도 몽우의 존재를 알아차리지 못했다. 모습을 감춘 것도 아니다.

자연스레 몽우라는 자기 그들의 감각에서 지워지는 듯한 느낌이다.

몽우는 그렇게 계속해서 어딘가를 향해 걸었다.

그리고 바삐 움직이던 발걸음이 멈춘 곳은 다름 아닌 운화정이라는 곳이었다. 이곳은 바로 마교의 귀빈들이 기거하는 장소이고, 지금은 탈랍에서 온 아주 귀한 손님들이 머물고 있다.

바로 흑백쌍노다.

입구를 지키는 무인들이 있었지만 그들을 피해 안으로 들어오는 것은 몽우에겐 별반 대단한 일도 아니었다.

운화정 내부로 들어선 몽우가 주변을 두리번거리다가 이내 목적지를 찾고 다시금 발을 옮겼다.

몽우가 향한 곳은 운화정 뒤편에 연결되어 있는 조그마한 건물이었다.

그 건물은 나무들을 얼기설기 엮어 만들어 무척이나 허술해 보였다. 하지만 애초에 이곳은 바로 몸을 담그는 욕조가 있는 곳이고, 일부러 환기를 시키기 위해 이 같은 구조로 만들어진 건물이었다.

틈 사이로 새하얀 김들이 모락모락 피어 나왔다.

안에 있는 욕조의 뜨거운 물 때문에 생겨나는 김이었다.

커다란 욕조 안에 여인 하나가 몸을 담그고 있었다.

고혹적인 자태의 여인은 기다란 팔과 다리를 자신 있게 뽐내고 있었다.

꽃잎이 가득 떠다니는 욕조에 반쯤 몸을 담근 여인은 농염해 보였다. 여인은 바로 백노였고, 그런 그녀의 옆에는 흡사 시녀처럼 흑노가 서 있었다.

백노와는 달리 완전한 노파의 모습인 흑노는 몸을 닦을

깨끗한 천을 든 채로 백노를 바라만 보고 있었다.

백노는 욕조 안에 담긴 물속에서 첨벙거리다가 이내 흑노를 보며 불만스럽게 입을 열었다.

"흥이 안 나게 네게 목욕 시중을 받아야겠어? 괜찮은 사내놈 하나 구해 오랬더니……."

"주인님, 아직 눈에 띄면 안 되니 며칠만 참으시지요."

"네깟 년이 뭘 알겠어. 죽은 시체에만 관심이 있으니. 그러니 네가 그런 추한 몰골인 게야."

백노가 불만 가득한 목소리로 악담을 쏟아 냈다.

하지만 흑노는 익숙한 듯이 묵묵히 듣고만 있을 뿐이었다.

친자매간이지만 둘은 엄격한 상하관계에 놓여 있었다. 흑노는 백노의 말에는 복종했고, 또 말대답조차 쉬이 하지 않았다.

욕조 안에서 짜증을 내고 있던 백노가 멈칫한 것은 바로 그때였다. 그녀의 눈동자가 벽 한쪽으로 향했다. 그리고 이내 백노가 천천히 손을 내뻗었다.

바로 그 순간 벽을 이루고 있던 나무 조각 하나가 터져 나갔다.

퍼엉!

나무 조각이 튕겨져 나가며 이내 바깥에 서 있는 몽우의 얼굴이 드러났다. 몽우의 얼굴을 보는 순간 백노가 미소를 지어 보였다.

"어머, 목욕 시중 들 사람이 알아서 찾아왔네?"

만족스러운 표정으로 백노가 말을 내뱉었다.

그러고는 이내 욕조 바깥으로 다리를 쭉 내밀며 흡사 몽우를 유혹하는 자세를 취해 보였다. 물기에 젖은 백노는 평소보다 더욱 유혹적이었고, 사내의 마음을 흔들기에 결코 모자람이 없어 보였다.

그 상태로 백노가 입을 열었다.

"숨어서 보지 말고 당당히 들어와요."

그런 그녀를 향해 몽우가 입을 열었다.

"그런 볼품없는 다리 말고 다른 걸 보고 싶군요."

"……"

볼품없다는 말에 백노의 요염했던 얼굴 표정이 슬쩍 변했다.

자신의 외모에 무척이나 자신이 있는 그녀다. 그러했기에 자신을 향한 그런 언사에 엄청난 모욕감을 느꼈다.

백노가 욕조 안에서 몸을 일으켜 세웠다.

촤아악.

물속에서 일어난 그녀는 전라의 나신을 드러냈다. 그러고는 자신 있게 자신의 몸을 몽우에게 보여 주며 웃어 보였다.

마치 이번에도 그 같은 말을 내뱉을 수 있느냐는 듯이.

여인의 나체가 드러났음에도 불구하고 몽우는 눈 하나 꿈쩍하지 않았다. 오히려 그런 몸으로 자신을 흔들어 보려 하는 백노의 행동이 가소로울 뿐이었다.

몽우가 웃으며 말했다.

"말했던 것 같습니다만. 볼품없는 당신의 몸 말고 다른 게 보고 싶다고."

다시 한 번 볼품없다는 말에 백노의 얼굴에는 적의만이 가득했다. 그녀가 이를 갈았다. 표정은 이미 표독스럽게 변했고 갈리는 이 소리가 섬뜩하게 들릴 지경이다.

당장에 때려죽이고 싶다. 하지만 백노는 애써 참았다. 죽일 때 죽이더라도 물어볼 건 물어보고 죽이기 위함이다.

살의를 참으며 힘겹게 백노가 말을 내뱉었다.

"그래서, 뭐가 그리 보고 싶으실까요?"

"당신이 가져온 그 물건."

"……누구야, 너."

물건이라는 말이 나오는 순산 백노의 표정은 다시 한 번 변했다. 적의는 더욱 짙어졌고, 한편으로는 깜짝 놀란 기색이 역력했다.

놀라는 백노를 향해 몽우가 웃으며 대답했다.

"몽우라고 합니다. 아마 못 알아보시겠지만…… 명객이죠."

명객이라는 말에 분노를 머금고 있던 백노의 표정이 한결 누그러졌다. 하지만 그렇다고 해서 자신에게 모욕적인 언사를 던진 걸 잊은 것은 아니다.

백노가 몽우를 바라보며 차갑게 말했다.

"명객이었어? 날 찾아왔다면 내가 누군지는 모르지 않았을 터. 나에게 그리 건방지게 말할 자격이 있는 놈이냐?"

"물론입니다."

몽우가 웃으며 대꾸했다. 그런 몽우의 행동에 백노는 당황할 수밖에 없었다. 대체 누구기에 저토록 당당하게 행동할 수 있단 말인가.

백노는 너무나 당당하게 행동하는 상대가 누구인지 기억을 떠올려 봤다.

자신에 대해 알면서 이토록 건방지게 말하는 걸 보아하니 보통 놈은 아닌 듯싶다.

문제는 명객 중에 이런 자를 백노가 알지 못한다는 것이다.

그녀가 알지 못하면 명객이라면 별 볼 일 없는 자가 대부분. 이름조차 들어 본 적 없는 이자가 이토록 건방지게 나오는 이유를 알 수 없었다.

하지만 가장 궁금한 것은 그게 아니었다.

백노가 가장 신경 쓰이는 것은 바로 어떻게 저자가 그 물건에 대해 알고 있냐는 것이다.

혈왕에게 바칠 물건을 찾은 것을 아는 자는 자신과 흑노, 그리고 헌원기뿐이다. 그리고 헌원기는 그 물건에 대해서는 알지 못한다.

이 일에 대해 정확히 아는 것은 그저 자신과 흑노뿐이라 해야 정확할 게다.

백노의 직속상관인 인주조차 모르는 사실을 어떻게 이런 자가 알고 찾아왔는지 이해가 되지 않았다.

처음엔 헌원기가 뭔가에 대해 발설을 했나 했다.

하지만 그랬다면 적어도 물건이 자신에게 없다는 것 정도는 알았을 것이다. 상대는 오자마자 자신에게 물건이 있느냐 없느냐를 물었다.

한마디로 헌원기가 비밀을 누설한 것은 아니라는 소리다.

하지만 그렇다면 대체 누가?

백노의 두 눈에 흉흉한 기운이 맴돌았다.

'죽여야 해.'

상대가 누구든 결론은 마찬가지였다.

자신이 물건을 찾고도 인주에게 보고하지 않은 것이 지금 알려지면 목숨을 부지하기 힘들다. 그녀는 보다 높은 자리에 오르고 싶었기에 인주에게 이 같은 일을 보고하지 않고 직접 혈왕에게 물건을 상납하는 모험을 감행했다.

그것은 목숨을 건 행동이었다.

그런 지금 자신이 가져온 물건에 대해 알고 다가온 명객이라니……

백노는 혹시나 하는 마음에 물었다.

"혹시 인주님이 보내서 왔느냐?"

인주라는 말이 나오자 옆에 서 있던 흑노조차 움찔했다.

지금 자신들이 무슨 짓을 벌이는지 너무나 잘 알고 있기 때문이다. 만약 저자가 인주가 보낸 사람이라면 이곳에서 계획을 수정해야 한다.

하지만 상대인 몽우는 고개를 저었다.

"아닙니다만."

"뭐야? 그럼 인주님이 보낸 것도 아니면 넌 대체 뭐 하는 놈이야?"

"그건 당신이 알 거 없고 그냥 대답이나 하시죠. 그 물건 지금 당신에게 있습니까, 없습니까."

"무슨 소리 하는지 모르겠네. 물건이 뭘까? 너는 알아?"

상대가 인주가 보낸 자가 아니라는 걸 확인하고 한결 마음이 놓인 백노가 웃으며 흑노에게 되물었다. 그리고 백노의 질문을 받은 흑노는 주름 가득한 얼굴로 고개를 저었다.

그 모습을 확인한 백노가 웃는 얼굴로 몽우를 향해 시선을 돌리며 말했다.

"모르겠다는데?"

"흐음."

몽우가 짧게 소리를 내뱉었다. 그러고는 이내 그가 다시금 입을 열었다.

"이미 이곳엔 없는 모양이군요. 그렇다면 역시 교주에게 있는 건가."

"……그런 물건 없다니까?"

"당신이 만난 이가 얼마 없으니 생각보다 찾는 게 어렵지 않겠군요."

"이놈이!"

자신의 말은 들은 척 만 척 하며 혼자 이야기를 진행시켜 나가자 백노가 분한 듯이 소리쳤다.

그런 백노를 향해 몽우가 물었다.

"한 가지 더 궁금한 게 있는데…… 당신이 그 물건을 찾은 걸 인주께서도 알고 있습니까?"

"당체 무슨 소리를 하는 건지 모르겠군."

억지로 평정심을 유지하며 대답했고, 백노는 노련한 자였다. 겉모습과 달리 무척이나 나이가 많은 백노다. 그런 그녀에게 가면을 쓰는 건 그리 어려운 일이 아니었다.

하지만 그런 백노를 뚫어져라 바라보던 몽우는 피식 웃으며 말했다.

"인주께서도 아직 모르나 보군요. 직속 수하인 당신이 인주께도 보고 안 하고 물건을 찾아 혈왕께 전하고 있다라…… 욕심이 과하군요."

"닥쳐라! 대체 자꾸 뭐라고 떠드는 것이냐!"

"고맙다고 인사를 드리려는 겁니다."

"뭐?"

의외의 말에 백노가 당황한 표정으로 몽우를 바라봤.

그리고 몽우는 그런 그녀를 바라보며 말했다.

"당신의 욕심 덕분에 일이 조금 더 쉬워질 것 같아서요. 인주께서도 알았으면 조금 귀찮았거든요. 괜히 한 명 더 죽일 일이 줄었으니…… 당신에게 감사하다 말하는 겁니다."

백노는 눈앞에 있는 사내를 이해할 수 없었다.

정체도 모르겠고, 무슨 생각을 하는지도 모르겠다. 다만 확실한 것은 자신이 물건을 찾았다는 걸 알고 있다는 것과, 결코 좋게 일을 풀 수 없다는 것.

백노는 마지막으로 다시 한 번 물었다.

"도대체 너 누구냐고!"

백노의 질문에 몽우가 무덤덤하게 대답했다.

"더는 궁금한 게 없으니 당신과 말 섞을 필요가 없군요. 이제 그만하지요."

"이게 끝까지!"

백노가 앙칼지게 외치고는 휙 하니 몽우를 향해 몸을 날렸다. 비스듬히 서 있던 몽우가 달려드는 백노를 힐끔 바라봤다.

그때였다.

퍼엉!

"커억!"

무슨 일이 벌어진지도 모르겠다.

당한 백노도, 보고만 있던 흑노도 지금 상황을 이해하지 못했다. 대체 무엇이 지금 백노의 복부에 큰 상처를 남겼는지 모르겠다.

명객 중에서도 제법 알려진 그들이다. 그런 그들의 눈에 보이지도 않을 정도의 공격이라니.

백노의 안색이 창백해졌다.

이자…… 위험하다.

스르릉.

달빛 아래에서 몽우기 천천히 검을 끄집어냈다.

처음부터 살려 줄 생각은 없었다. 자신의 모습을 보았으니…… 죽어 줘야 한다.

몽우가 입을 열었다.

"죽어 줘야겠습니다."

"며, 명객이라면서 왜 날……."

"글쎄요."

몽우가 싱긋 웃었다.

그러고는 이내 검을 치켜들며 말했다.

"당신들이 아직 열어선 안 될 문을 열어 버렸거든."

     *   *   *

이른 아침 적월의 거처에 몽우가 찾아왔다.

월영천대의 소집 시간이 다 되어 가기에 막 나갈 채비를 마쳤던 적월이 그를 맞이했다.

이른 아침 등장한 몽우를 보며 적월이 웃옷을 걸쳐 입으며 물었다.

"무슨 일이야?"

"급한 일이 있어서 찾아왔어. 네가 알아 둬야 할 것 같아서."

"급한 일?"

심심해서 찾아온 거라 생각해 흘겨보던 적월이 표정을 바꾸며 물었다. 몽우가 고개를 끄덕이고는 말했다.

"흑백쌍노가 마교를 떠났다고 하더군."

"뭐?"

적월이 놀라 되물었다.

그들은 혈왕에게 필요한 무엇인가를 가지고 있을 공산이 크다. 그런 그들을 이대로 놓칠 수는 없었다. 그런 적월의 생각을 눈치챈 듯이 몽우가 웃으며 말했다.

"걱정 안 해도 돼. 그들은 탈랍의 본거지로 돌아갔다고 들었으니까. 설마 물건을 가지고 괜히 이곳에 왔다가 돌아가지는 않았을 거 아냐. 그 말은 곧 이곳 마교에 그 물건이 있다 이 말이지."

"그건 다행이군."

적월이 슬쩍 안도의 한숨을 내쉬었다.

물론 내심 아쉬운 마음이 있기도 한 것이 사실이다. 명객인 흑백쌍노는 적월이 노리는 상대이기도 했으니까. 하지만 우선은 마교의 일이 먼저고, 또 그 물건의 존재가 중요했다.

당장에 그 둘을 쫓을 생각은 없었다.

적월이 물었다.

"언제 떠났는지 아냐?"

"내가 알아본 바로는 깊은 새벽에 떠났다던데. 무슨 일인지는 잘 모르겠지만 수하들까지 버려두고 떠난 게 무척이나 급했던 모양이야. 달랑 서찰 한 장 남기고 갔다던데?"

"그래? 그들이 어제 저녁에 누구를 또 만난 것 같지는 않던데."

대외적으로 만난 것은 오로지 교주 헌원기뿐.

그 외에는 그 누구와도 접촉하지 않았다. 만약 비밀리에 누군가를 만난 것이 아니라면 그 물건이라는 것은 분명 헌원기에게 전해졌을 게 분명했다.

적월이 몽우를 바라봤다.

항시 웃고만 있는 속모를 사내. 그를 바라보며 적월이 천천히 입을 열었다.

"네 생각은?"

"헌원기. 너는?"

"마찬가지야."

그토록 귀한 물건이라면 숨겨 두었을 것은 자명하다. 그리고 지금 마교에서 가장 안전한 곳은 바로 헌원기의 거처다.

명객과 연결되어 있는 그이니 그들의 물건을 맡아 두는 것도 전혀 이상할 게 없다.

몽우가 적월에게 물었다.

"어디 의심 가는 데 있어?"

"몇 군데 있긴 한데……."

적월 또한 헌원기가 기거하는 곳에서 십수 년을 지냈다. 그러했기에 무엇인가를 감출 만한 장소 정도는 쉽게 머리에 그려졌다.

시간이 흘러 새로운 장소가 생기지만 않았다면 감춰 둔 물건을 찾는 것은 그리 어렵지 않을 것이다.

정말로 그 물건이 헌원기의 손에만 있다면.

하지만 목표하는 곳은 헌원기의 거처, 쉽사리 들어가서 여기저기를 뒤지고 나올 만한 장소가 아니다.

더군다나 물건만 찾고 나서 마교에서 할 일이 끝나는 것이 아니다. 이곳에 있는 명객들과, 헌원기를 무너트려야 한다.

계속해서 일을 진행시키려면 정체가 드러나지 않게 은밀히 움직여야 했다.

그러기 위해서는 가장 먼저 헌원기가 절대 자신의 거처로 돌아오지 않을 날을 잡아야 한다. 그것이 언제일까?

적월은 길게 고민하지 않고도 답을 찾아낼 수 있었다. 그만큼 너무나 확실한 날이 있는 탓이다.

바로 즉위 기념식이 있는 오 일 후다.

그때라면 교주 또한 자신의 거처로 돌아오지 않을 것이고, 많은 귀빈들을 호위하느라 상대적으로 사람이 적어진 거처의 경비는 소홀해진다.

월영천대만 해도 그렇다.

그날은 모두가 교주 호위에 붙고 거처는 다른 이들이 지키기로 되어 있다.

그 틈을 노리는 것이다.

적월이 힐끔 바깥 하늘을 올려다봤다.

해가 뜬 위치를 보아하니 잠시 몽우와 상대하느라 시간이 흐른 모양이다.

"가 봐야겠어. 월영천대 대주라는 놈이 시간에 늦는 걸 지독하게 싫어해서 말이야."

"그래. 그 일도 고삐를 늦추면 안 되지."

"정보 고맙다."

말을 마친 적월이 성큼 방 바깥으로 빠져나가 월영천대 무인들이 모이는 연무장으로 몸을 돌렸다.

적월이 눈에서 사라질 때까지 몽우는 가만히 서서 그를 응시했다. 그리고 이내 주변에 아무도 없자 천천히 의자에 걸터앉았다.

그는 품속에 있는 자그마한 병 하나를 꺼내어 들었다. 화골산(化骨散)이 담겨져 있었던 병이었지만 이제는 텅텅 비어 있다.

뼈마저 녹여 버린다는 지독한 독 화골산.

시체를 처리할 때 사용되는 것으로, 몽우 또한 마찬가지의 용도로 사용했다.

흑백쌍노를 죽였고 백노의 필체를 위조해 글까지 남긴 것이 바로 몽우의 솜씨다. 그 탓에 지금 마교에서는 그 둘이 죽었다는 사실을 아는 이는 단 한 명도 존재하지 않았다.

몽우를 제외하고는.

몽우는 화골산에 들어 있었던 병을 손가락 끝에 올려놓고 멍하니 바라보았다.

여러 가지 생각들이 스치고 지나간다.

하지만……

스르륵.

병이 흡사 모래처럼 녹아 천천히 흘러내린다.

위에서부터 물 흐르듯 녹아내리는 모습이 가히 놀랍지만 몽우는 무덤덤했다. 그에게 이 정도 일은 크게 대단한 것도 아니었으니까.

화골산이 담겨 있던 병마저 세상에서 지워 버린 몽우가 모래가 되어 버린 잔해를 툭툭 털었다.

그러고는 자리에서 일어나 창밖을 바라보며 중얼거렸다.

"미안해."

第十章
지혈석(地血石)

이건 뭐하는 물건이야

마교는 안팎으로 소란스러웠다.

수많은 사람들이 오고 갔고, 사방이 고성으로 가득하다.

사람들은 분주히 무엇인가를 옮기고 또 음식들을 만들었다. 머무는 사람이 적지 않은 만큼 만들어지는 음식들도 셀 수 없이 많다.

그 덕분에 마교 내부는 수많은 음식 냄새로 진동을 했다.

오늘이 바로 마교 교주 헌원기의 이십 주년을 축하하는 기념식이 있는 날이었던 것이다.

많은 이들이 오늘을 즐기고 또 다른 이들을 위해 임무를 수행하고 있었다. 그건 월영천대도 마찬가지였다.

월영천대의 임무는 교주 헌원기를 지키는 일이다.

특히나 오늘 같은 날은 더더욱 그러했다.

수많은 이들과 만나게 되는 날. 그만큼 위험 부담도 크다. 그 탓에 교주를 지키는 월영천대는 평소보다 더욱 바삐 움직이고 있었다.

교주의 바로 옆을 오십 명에 달하는 자들이 지킨다.

나머지 인원은 그리 멀지 않은 곳에서 혹여나 모를 위험한 자들을 색출한다.

식이 시작되기 전에 장소 점검차 월영천대가 잔치가 있을 곳을 마지막으로 확인하고 있었다. 그리고 그 무리 안에는 적월 또한 자리했다.

휘황찬란한 천들이 사방에서 나부끼고 있었고, 수천 명이 자리할 장소들이 준비되어 있었다. 적월은 대충 주변을 휘휘 둘러보았다.

몸은 이곳에 있지만 이미 적월의 마음은 다른 곳으로 향해 있었다.

바로 헌원기의 거처다.

갑작스레 사라진 흑백쌍노가 남기고 간 물건들. 그걸 찾기 위해 며칠을 기다렸다. 그리고 마침내 오늘이 온 것이다.

다행히도 교주를 직접 지키는 오십 인에 끼지 않았으니 움직임은 한결 용이할 게 분명하다.

주변을 살피는 것을 마쳤는지 월영천대 무인들이 속속들이 모이기 시작했다.

적월 또한 그들에 섞여 마지막 보고를 했다.

"이상 없습니다."

"좋아."

확인을 마친 부대주 배운산이 침착한 어투로 모두를 향해 말했다.

"반 시진 안에 행사가 시작될 것이다. 오늘 같은 날 우리의 임무는 더욱 막중해지니 결코 방심해서는 아니 된다. 알겠느냐?"

"옙."

한목소리처럼 동시에 대답이 터져 나왔다.

그런 수하들의 모습에 흡족한 듯 고개를 끄덕인 배운산이 인원들을 각자의 위치에 배치하기 시작했다.

멀찍멀찍 한 명씩 세워 두긴 했지만 무슨 일이 벌어지면 양쪽에서 당장에라도 도움을 줄 수 있는 진형이다.

적월은 개중 중간 부분에 위치하게 됐다.

자리 배정까지 마치고 배운산은 일일이 다시금 주의할 것을 상기시켰다. 몇 번이고 한 말을 반복할 만큼 오늘 이 행사는 중요한 것이었다.

적월은 가만히 서서 단상을 바라봤다.

'이십 주년이라.'

놈의 기념일을 눈에 담아 두려 했다. 자신을 배신하면서 얻은 자리에서 이토록 오랜 시간 군림하였으니 얼마나 기쁘겠는가.

하지만 아쉽게도 그러지는 못할 성싶다.

놈의 모습을 보는 것보다 더 중요한 일이 있었으니까.

바로 그때 북쪽 하늘에서 색색들이 폭죽이 쏘아져 올랐다. 아마도 행사의 시작을 알리는 것이리라.

적월의 두 눈동자에도 생기가 흐르기 시작했다.

*   *   *

복잡한 절차 가득한 행사가 끝나고 수많은 이들이 연회장으로 몰려들었다.

조용했던 연회장은 단번에 시끌벅적한 소리들로 가득해졌다. 가장 선두에서 월영천대 무인들의 호위를 받으며 교주 헌원기가 입장했다.

연회장을 지키던 무인들이 먼저 무릎을 꿇으며 예를 갖췄다.

털썩.

수백의 무인들이 때를 맞춰 부복하는 장면은 실로 멋을 느끼게 하기 충분하였다. 그리고 그런 그들의 사이를 당당한 걸음걸이로 헌원기가 걸어 나갔다.

그 뒤를 따르는 수천의 무인들.

이것이 바로 마교의 교주다.

적월은 그런 헌원기의 모습을 힐끔 쳐다보았다. 속으로 고까운 감정이 치고 올랐지만 적월은 애써 그런 마음을 내리눌렀다.

복수는 이제부터다.

헌원기가 장부의 품격이 느껴지는 걸음걸이로 단상에 올라섰다. 그리고 그런 그의 뒤를 따르던 수많은 마교의 무인들은 지정된 자신의 장소에 가서 섰다.

모두가 선 채로 교주 헌원기를 바라봤다.

그리고 헌원기가 자신의 앞에 있는 탁상 위에 놓인 잔을 들어 올렸다.

"자, 듭시다."

그 한마디가 떨어지자 마교의 무인들 또한 술잔을 높이 치켜들며 하나의 목소리로 외쳤다.

"천세천세천천세(千歲千歲千千歲)!"

헌원기를 향한 그들의 외침이 메아리가 되어 사방을 울렸다. 헌원기와 이 자리에 오게 된 마교의 무인들이 동시에 술잔을 기울였다.

그리고 그렇게 잔치가 시작되었다.

술자리는 단번에 시끄러워졌다. 하지만 자리를 움직이는 모두는 월영천대 무인들의 시선을 받아야 했다. 특히나 교주에게 조금이라도 가까이 가려는 자들은 더더욱.

적월은 그런 술자리의 분위기를 읽고 있었다.

너무 서둘러서도 안 된다. 하지만 또 너무 늦어서도 안 된다. 헌원기가 거처로 돌아가기 전에 일을 시작해야 하기 때문이다.

왁자지껄한 분위기 속에서 사람들 또한 흥에 취했다. 그리고 술에 취했다. 자신에게 주어진 위치를 돌며 사람들을 감시하던 적월의 감각이 미묘하게 꿈틀거렸다.

'지금쯤이면 되겠군.'

적월은 슬쩍 뒤쪽으로 빠졌다. 그리고 월영천대 무인이었기에 내부에서 움직이는 적월의 움직임을 그 누구도 수상하게 여기지 않았다.

그랬기에 적월은 너무도 수월하게 연회장 바깥으로 몸을 뺄 수 있었다.

연회장을 천천히 벗어난 적월의 움직임이 바뀌었다.

이제부터는 시간을 끌어선 안 된다. 너무 오래 이곳 연회장을 비워 둘 수는 없는 탓이다.

적월은 그대로 달리기 시작했다.

타다닥.

단숨에 허공으로 날아오른 적월의 몸이 빠르게 목적지를 향해 내달렸다.

어두워진 주변 탓에 적월은 더욱 쉽게 움직일 수 있었다.

그리고 이곳 연회장에서 그리 멀지 않은 곳에 위치한 헌원기의 거처에 적월은 금방 도착했다.

헌원기의 거처에 도달한 적월은 우선 몸을 숨겼다.

모두가 교주와 요인들 호위로 나선 탓에 이곳의 감시망은 많이 약해져 있다. 한눈에 봐도 손으로 셀 정도의 적은 무인들이 이곳에 자리했다.

솔직히 말해 교주의 거처에 귀한 물건이라 해 봤자 얼마나 되겠는가.

중요한 것은 교주이지 그가 머무는 이곳이 아니다. 더군다나 지금 같은 상황이라면 더더욱 감시가 소홀할 수밖에 없다.

적월이 기척을 감춘 채로 천천히 헌원기의 거처로 다가갔다.

문을 지키는 무인들이 있었지만 그들은 눈뜬장님이나 다름없었다. 적월은 그들의 눈을 속이며 어렵지 않게 담을 넘어 안으로 들어섰다.

담 안으로 들어선 적월은 주변을 천천히 둘러보았다.

너무나 익숙한 곳이다.

이십 년 전까지만 해도 적월이 머물던 거처.

자잘한 공사가 있었는지 건물의 기왓장 정도가 바뀌긴 했지만 그뿐이다. 지형이나 구조, 그 무엇도 바뀐 것 하나 없다.

오랜만에 이곳에 다시 발을 디디자 그때의 기억들이 새록새록 솟구친다. 하지만 적월의 생각은 길지 않았다.

'일각 안에 끝낸다.'

적월은 그대로 헌원기의 방으로 향했다.

내부를 지키는 무인들도 있었지만 적월의 움직임을 그들이 알아차릴 수 있을 리 만무하다. 적월은 그들의 움직임에 맞춰 몸을 감췄다가 이내 모두가 사라졌을 때 방문 앞으로 다가갔다.

조심스러운 손길에 문은 소리도 없이 열렸다. 들어선 방 안은 어두웠다. 적월은 바로 손가락을 퉁겼다.

따악.

불꽃이 일었다.

요력으로 만들어진 불꽃은 내력으로 만든 삼매진화의 방식과는 많이 달랐다. 그것은 결코 그 무엇도 태우지 않았다.

요력으로 만들어진 불꽃들은 적월의 의지에 따라 방 곳곳으로 날아들었다. 그리고 여기저기를 쉽사리 살필 수 있게 밝은 빛을 쏟아 냈다.

그 덕분에 방 안은 흡사 낮과도 같은 빛에 감싸였다. 문이 몇 겹으로 되어 있어 바깥으로 빛도 흘러나가지 않는 교주의 거처였기에 적월은 서슴없이 이같이 요력을 사용해 방 안을 살필 수 있었다.

적월은 우선 눈에 닿는 곳들을 살폈다.

책상 위에는 대충 몇 장의 서류들이 올라가 있었고, 서책들로 보이는 것들도 있었다.

"흐음."

형식적으로 살피긴 했지만 적월 또한 알고 있다.

그런 귀한 물건을 이토록 막 내팽개쳐 둘 리는 없을 거라는 걸. 적월의 시선이 이내 어딘가로 향했다. 그곳은 바로 벽면의 한 곳이었다.

그리고 바로 그 벽면은 일전에 헌원기가 정체불명의 상자를 숨긴 곳이기도 했다.

적월이 가볍게 손가락 끝으로 벽면을 두드렸다.

퉁퉁.

옆과 크게 차이가 없다. 하지만 적월은 알고 있었다. 이곳에 비밀 장치가 되어 있다는 것을.

이 방에 있는 비밀 장소를 알고 있는 건 대대로 단 하나였다.

바로 교주다.

교주에게 전해지는 서책에만 적혀 있기에 이 건물을 관리하는 자들조차 모르는 비밀 장소.

하지만 예외가 생겨 버렸다. 전대 교주이자 죽었어야 할 적월의 존재가 바로 그것이다.

적월의 시선이 이내 벽을 떠나 옆에 걸려 있는 그림으로 향했다.

적월이 그림 앞으로 다가갔다. 그러고는 천천히 손을 뻗으며 중얼거렸다.

"숨길 게 있다면…… 역시 여기지."

말과 함께 적월은 그대로 그림을 옆으로 비틀며 살짝 그 끝을 눌렀다. 바로 그 순간 툭 하며 벽면이 열렸다.

열린 벽면을 향해 적월이 몸을 움직였다.

그리고 벽면을 열자 그 안에는 몇 가지의 물건들이 들어가 있었다. 서책들, 그리고 적월이 찾고 있던 바로 그 상자가 눈에 들어왔다.

적월이 씩 웃었다.

"찾았군."

너무도 수월하게 찾았다. 하지만 그것은 적월이었기에 가능한 일이다. 만약 적월이 용무련의 환생이 아니었다면 이처럼 쉽게 이 물건을 찾지 못했을 게다.

이 장소는 그 누구도 알지 못하니까.

적월이 손을 뻗어 벽 안에 있는 상자를 끄집어냈다.

그 외의 서책들이 무엇인지 보았지만 대부분이 무공서다. 적월은 관심 없다는 듯 이내 그것들을 원상태로 돌리고 벽을 닫아 버렸다.

그리고는 상자를 탁자 가운데 내려놓았다.

대체 이 안에 무엇이 들었는지 확인을 하기 위해서였다. 염라대왕이 잡으려 하고, 모든 명객들이 절대적으로 믿고 따르는 자. 그런 그가 원하는 물건이라는 것이 대체 무엇인지 궁금했다.

적월의 손이 상자의 뚜껑을 잡았다.

고리로 막아 두긴 했지만 적월은 그것을 손가락 끝으로 가볍게 퉁겨 버렸다.

그리고 이내 적월은 굳건히 닫혀 있던 상자의 뚜껑을 천천히 열었다.

상자 안에서 은은한 빛이 흘러나왔다.

적월이 미간을 구겼다.

"이건……?"

장정의 손바닥만 한 상자다. 그리고 그 안에 들어가 있는 것은 무척이나 작은 단검이었다. 하지만 그냥 보통의 단검은 분명 아니었다.

날이 쇠로 되어 있지 않다.

새빨간 보석이 그저 손잡이에 달려져 있는 듯한 모습이다. 형태만 단검이지 이것은 그저 관상용으로 만든 보물 같은 느낌이 풍겼다.

더군다나 날의 모양으로 다듬어진 새빨간 보석은 영롱한 빛을 토해 내고 있었다. 무척이나 신묘한 느낌이지만 정체는 알 수가 없다.

적월은 손가락으로 잠시 그 보석을 눌러 봤다.

말캉말캉하다.

두부보다 조금 더 딱딱한 정도의 강도를 지닌 무기를 보며 적월은 쉽사리 이것이 무엇인지 판단을 내릴 수가 없었다.

대체 이것이 무엇이기에 명객들의 왕이라는 혈왕이라는 작자가 노린단 말인가.

그 무엇도 자를 수 없을 것만 같은 이 단검이 대체 무엇이기에……

잠시 괴이한 단검을 멍하니 바라보던 적월은 이내 정신을 차렸다. 이게 무엇인지는 모르겠지만 적어도 보통 물건이 아닌 건 단번에 알아차릴 수 있었다.

혈왕이라는 자가 수십 년이 넘게 찾던 물건이 그저 관상용으로 만든 단검일 리가 없다.

적월은 그대로 상자의 뚜껑을 닫고 그것을 품 안에 감췄다.

 이것의 정체가 무엇인지는 우선 이 잔치가 끝난 이후에 몽우와 만나 이야기를 해 봐야 될 듯싶었다.

 품 안에 상자를 감춘 적월은 바깥으로 나가 다시금 연회장을 향해 움직였다.

 순식간에 연회장에 도착한 적월은 태평한 얼굴로 안에 들어섰다. 연회장 내부에 들어서는 적월을 보는 다른 월영천대 무인들도 별다른 말이 없다.

 다만 적월과 친분을 유지하고 있는 동준이 다가와서 물었다.

 "뭐야? 어디 갔다 왔어?"

 "잠깐 뒷간 좀 다녀왔지."

 "야, 자리 잘못 비웠다가 부대주님한테 들키면……"

 "그렇다고 사람들 밥 먹는 이곳에서 볼일을 볼 순 없잖아."

 "흐흐, 그건 그렇지."

 동준이 적월의 말에 재미있다는 듯 웃음을 흘렸다.

 그런 동준과 가볍게 대화를 나누며 적월은 자신의 움직임이 전혀 문제가 되지 않았음을 확인할 수 있었다.

 '좋아. 우선 들키지는 않았고.'

 적월의 시선이 단상 위에 있는 헌원기에게로 향했다. 뭐가 그리도 즐거운지 미소와 함께 연신 술잔을 기울이는 그의 모습이 눈에 들어온다.

그 행복해 보이는 모습이 마음에 들지 않았다.

적월은 감춰 놓은 상자를 어루만지며 속으로 중얼거렸다.

'어디 그 미소가 언제까지 갈지 두고 보자고.'

적월이 씨익 웃었다.

늦은 밤, 연회가 끝났다.

연회장 안에서 혹여나 있을지 모를 불상사를 방지하기 위해 반나절 가까이를 서 있던 월영천대 대원들도 교주의 귀가와 동시에 오늘의 임무를 마쳤다.

마지막 뒷정리까지 끝내고 교주의 거처를 호위할 인원까지 배정한 후에 비로소 해산한 것이다.

한시 빨리 연회가 끝나길 기다리던 적월로서는 반가운 일이 아닐 수 없었다. 적월은 기다렸다는 듯 서둘러 발걸음을 옮겼다.

보초를 서는 내내 품 안에 있는 물건에 대해 고민했다.

붉은빛을 띤 보석의 종류야 몇 가지 있다. 하지만 개중에 이렇게 물컹거리는 게 있을까?

단순한 보석은 분명 아니다.

그리고 적월의 이런 궁금증을 해결해 줄 수 있는 사람이 그의 곁에 있었다.

적월은 몽우가 기거하는 거처를 향해 나아갔다.

적월의 방과 그리 멀지 않은 곳에 있는 몽우의 거처. 그곳에 도착하자 적월은 망설이지 않고 문을 열고 안으로 들어섰다.

방 안에서는 누운 채로 뭔가를 집어 먹고 있는 몽우가 있었다.

갑작스러운 적월의 방문에 몽우가 자리에서 일어났다.

"벌써 끝났어?"

"벌써는. 축시(丑時)가 넘은 게 언젠데."

한마디 쏘아붙인 적월은 그대로 품 안에 손을 넣어 상자를 끄집어냈다.

적월의 계획을 알고 있던 몽우였기에 갑작스레 나온 상자가 무엇인지 잘 알고 있었다. 몽우가 손가락으로 가리키며 말했다.

"이게 흑백쌍노가 가져온 그 물건이야?"

"그래. 안을 보긴 했는데 무슨 물건인지 모르겠어."

"내가 한번 보지."

상자를 건네받은 몽우가 조심스럽게 뚜껑을 열었다. 상자의 뚜껑이 열리며 감춰졌던 빛이 다시금 바깥으로 흘러나왔다.

은은하면서도 왠지 모르게 계속해서 시선을 끄는 그런 묘한 빛이었다. 그 빛을 그냥 바라보는 적월과 다르게 내용물을 확인한 몽우의 안색이 변했다.

"이건……."

"뭔지 알겠어?"

애초부터 이걸 기대하고 온 적월이다.

적월의 기대 가득한 시선을 받던 몽우가 이내 고개를 끄덕였다.

"내 생각이 맞다면 이건 지혈석이야."

"지혈석? 처음 들어 보는데."

"당연하지. 인간 세상에 존재해서는 안 될 물건이니까."

몽우가 최대한 담담하게 말했다.

하지만 그런 몽우의 말이 적월로서는 바로 이해가 가지 않았다. 대체 그럼 이 지혈석이라는 것은 무엇이란 말인가.

"대체 지혈석이라는 게 뭔데?"

"간단하게 말해 요기의 찌꺼기야."

"요기의 찌꺼기?"

"명부의 세상과 인간 세상이 연결된 조그마한 통로에서 미량의 요기들이 흘러나오거든? 그것들은 대부분 사라지지만 먼지와는 비교도 안 될 정도의 극소량의 요기들은 결국 이승을 떠다니게 되지. 물론 그건 아무런 문제가 되지 않아. 너무

작기도 하고 그게 뭔가 문제 될 일을 만들지도 않으니까. 다만 수천 년, 수만 년이 흐르며 떠다니던 요기들에 변화가 생겼어."

긴 말을 하던 몽우가 잠시 호흡을 골랐다. 그러고는 이내 놀라운 이야기를 시작했다.

"먼지보다 작았던 요기의 덩어리들이 뭉치기 시작한 거지."

"그렇다면 이게 그 요기의 덩어리들이 뭉친 거란 말이야?"

"맞아. 그 먼지보다 조그맣던 놈들이 억겁의 시간이 흐르며 마침내 형체를 이루게 된 것. 그게 바로 지혈석이야."

"요기는 전혀 느껴지지 않는데?"

"전혀 다른 요기들이 뒤섞인 탓이야. 먼지보다 작은 요기들이 이정도 크기의 지혈석이 되려면 얼마나 많은 종류의 것들이 섞였을 것 같아? 그리고 아마도 우리가 상상할 수조차 없는 시간이 소요되면서 만들어졌을걸."

적월로서는 처음 듣는 이야기였고, 그 탓에 많은 궁금증들도 치밀었다. 적월이 몽우에게 물었다.

"그렇다면 요기가 넘치는 명부에서는 이 지혈석이 잔뜩 생기는 게 맞는 거 아닌가? 하지만 내가 그곳에 갔을 때는 이런 물건을 전혀 보지 못했는데."

"아니, 꼭 그렇진 않아. 명부의 요기는 인간 세상으로 흘러나오는 것처럼 작지 않아. 그 탓에 이렇게 뭉치기가 힘들지. 물론 명부에서도 아주 오랜 시간이 지나면 하나씩 만들어진다고는 하던데 그게 오히려 인간 세상과 비교도 할 수 없을 정도로 오래 걸린다고 하더군."

"그래? 그런데 네가 어떻게 명부의 일까지 그리 잘 아냐? 가 본 것도 아닐 텐데."

"맞아. 나도 그저 귀동냥으로 들은 이야기일 뿐이야."

몽우의 말에 적월이 수상쩍다는 표정을 지어 보였다.

예전부터 무엇인가 이상했다.

자신이 지옥왕이라는 호칭으로 불린다는 걸 알아차린 것도, 그리고 지금 이 지혈석이 있는 명부에 대한 이야기도 말이다.

그 말은 곧 이들 명객이 명부와도 어느 정도 관련이 있다는 말이 아닌가. 명부의 일을 속속들이 알고 있다는 사실이 무엇인가 수상했다.

적월이 몽우에게 물었다.

"명객들이 근데 명부의 일을 어떻게 그리 잘 아는 거야? 설마 명부에 왔다 갔다 하는 방법이라도 있는 거냐?"

"그럴 리가. 전부다 그분에게서 나온 이야기야."

"혈왕인가 하는 그 작자?"

"응."

"대체 그 작자의 정체가 뭔지 모르겠군."

명객들을 이끄는 수장, 거기다가 명부의 일들도 속속들이 알고 있다. 애초부터 보통 인간은 아닐 거라 생각했지만 또 단순한 명객도 아니다.

놈은 이미 명객의 범주를 넘어선 기이한 존재다.

바로 그때 몽우가 조심스럽게 입을 열었다.

"아, 이걸 이야기해야 될지 모르겠네."

말을 꺼내던 몽우가 이내 고개를 저었다.

"아니다. 이건 그냥 넘어가자."

"너 지금 장난 치냐? 궁금하게 만들지 말고 할 말 있으면 해 봐."

적월은 눈길을 피하는 몽우를 뚫어져라 바라보며 말했다. 그런 적월의 시선을 이기지 못했는지 몽우가 이내 천천히 말했다.

"이건 확실한 건 아닌데…… 혈왕이 지옥에서 왔다는 이야기가 있어."

"뭐? 그게 말이 되냐?"

"그치? 말이 안 되지? 나도 그렇게 생각했어. 바로 널 보기 전까지."

마지막 말을 내뱉는 바로 그 순간 몽우의 표정이 변했다. 그리고 그 말을 들은 적월의 표정 또한.

현실적으로 말이 되지 않는 이야기다.

하지만 또 불가능한 일은 아니다.

그 말이 안 되는 일을 직접 경험한 자가 바로 적월 자신이 아니던가.

잠시 가만히 있던 적월이 이내 입을 열었다.

"……그래서 이 지혈석이라는 물건은 어디다 쓰는 거야?"

"내가 듣기로는 어마어마한 힘을 주기도 하고, 명부 세상의 것은 무엇이든 자를 수 있는 힘이 있다고 들었어. 근데 다 두루뭉술하게 들은 거라 정확한 용도는 모르겠어."

몽우의 말에 적월은 고개를 끄덕였다.

몽우가 모른다고 말한 것처럼 적월 또한 이것이 혈왕에게 어떠한 의미로 필요한지 모르겠다. 하지만 이야기를 들어 보니 이 지혈석이라는 것은 분명 위험한 물건이다.

이런 것을 결코 혈왕의 손에 들어가게 해서는 안 될 일임은 분명하다.

적월은 몽우를 바라보며 입을 열었다.

"그건 내가 간수하지."

"……나도 그게 좋을 것 같다."

적월을 바라보던 몽우가 피식 웃으며 손에 들고 있던 상자를 그에게 전했다. 적월은 상자를 품 안에 갈무리하고는 입을 열었다.

"혹시나 다른 뭔가 알아내는 게 있으면 좀 가르쳐 줘. 혈왕이라는 그놈의 정체가 궁금해져서 말이야."

"어려운 일도 아닌데 그러지, 뭐."

몽우가 어깨를 으쓱했다.

그런 몽우를 바라보던 적월이 몸을 돌려 방을 걸어 나갔다. 그렇게 적월이 사라지자 몽우가 천천히 침상에 다시금 몸을 뉘였다.

그러고는 머리맡에 두었던 곶감 하나를 입안에 집어넣었다. 우물거리면서 곶감을 씹어 먹던 몽우가 이내 중얼거렸다.

"남은 건 염라경(閻羅鏡)인가."

의미 모를 한마디만 남긴 채 몽우는 그대로 눈을 감아 버렸다.

*   *   *

용암과도 같은 열기를 지닌 화마극지(火魔極地)에 커다란 덩치의 사내 지주가 모습을 드러냈다. 갑작스러운 등장에 화마극지에는 항시 혈왕의 옆을 떠나지 않는다는 천주만이 자리하고 있었다.

천주는 갑작스러운 지주의 등장에 자리에서 일어났다.

"네가 무슨 일이지?"

"혈왕 님께 보고할 일이 있어서 찾아왔어. 말 좀 전해 줬으면 좋겠군, 천주."

"그래?"

알겠다는 듯 고개를 끄덕이던 천주는 이내 지주의 행색을 살폈다. 가리고는 있지만 가슴팍에 있는 채 아물지 않은 큰 부상의 흔적을 눈치챈 것이다.

지주는 자신의 가슴 부위를 천주가 뚫어져라 바라보자 대수롭지 않다는 듯이 말했다.

"상처 처음 봐? 뭘 그렇게 보는 거야."

"너에게 이 정도의 부상을 줄 수 있는 자가 누구인가 싶어서."

"흐흐. 그것도 그러네."

"누구한테 당한 거냐?"

"그게……."

막 말을 내뱉으려던 지주는 뒤편에서 다가오는 사내를 발견하고는 황급히 무릎을 꿇었다. 그리고 천주 또한 마찬가지로 몸을 돌리고는 부복했다.

모습을 드러낸 이는 피곤한 얼굴을 하고 있는 혈왕이었다.

거의 하루 종일을 잠만 자는데도 피로가 풀리지 않는다. 이건 전부 혈왕을 옥죄고 있는 금제 때문이리라.

커다란 보석과 쇠사슬을 이끌고 모습을 드러낸 혈왕이 입을 열었다.

"요새 들어 자주들 오는구나."

"숙면을 방해해서 죄송합니다. 긴히 드릴 말이 있어서 결례를 무릅쓰고 찾아뵈었습니다."

철커덩.

손을 축 늘어트리자 쇠사슬이 시끄러운 소리를 토해 냈다. 그런 소리에 불쾌한 표정을 지어 보였던 혈왕이 입을 열었다.

"네가 할 말이라는 게 가슴에 난 상처와 연관이 있는 것이냐?"

혈왕의 그 한마디에 지주는 고개를 끄덕였다.

"예."

"네놈에게 이렇게 부상을 입힐 정도라면 보통 놈은 아니겠고…… 또 날 찾아와서 할 이야기라면 역시 그거겠구나."

이미 혈왕은 모든 것을 알고 있는 눈치였다.

그런 혈왕을 놀라운 듯 바라보던 지주가 이내 그의 질문에 답했다.

"예, 지옥왕을 만났습니다."

혈왕은 담담하게 이야기를 들었지만 함께 부복해 있는 천주는 달랐다. 그는 놀란 듯이 지주를 바라보았다. 그때 혈왕이 진중한 얼굴로 물었다.

"설마 놈이 널 찾아온 거냐?"

"그건 아닙니다. 황궁의 일로 움직이다 어떻게 조우하게 되었습니다. 놈은 저를 광마장군으로만 알고 있지 명객과 관련되어 있는지는 모릅니다."

"다행이로군. 혹시나 염라가 우리들의 뒤를 잡아낸 게 아닌가 걱정했는데 말이야."

상대가 지주의 존재를 알아차리고 먼저 접근한 것이라면 보통 일이 아니다. 하지만 그게 아니라고 하니 혈왕은 한결 마음이 놓인 눈치였다.

염라대왕만큼은 항시 견제하는 혈왕이다.

혈왕이 다시금 말했다.

"혹시나 염라가 우리의 정체를 알아차린 것 같다면 그 즉시 황궁의 일을 접고 철수해라."

"하오나 여태 저희가 한 일이 있는데……"

수십 년이 넘게 황궁을 조종하기 위해 뒤에서 손써온 지주다. 그런데 미련 없이 철수하라는 혈왕의 말에 쉽사리 수긍할 수 없었다.

하지만 대답은 끝까지 이어지지 않았다.

자신을 노려보는 혈왕의 시선을 느끼는 그 순간 지주의 입은 꽉 닫혀 버렸다.

혈왕이 차가운 목소리로 말했다.

"고작 황궁이나 무림맹, 마교 따위를 손에 넣으려 하는 줄

아느냐. 내가 바라는 것은 그 이상이다. 고작 무림을 손에 넣으려 했다면…… 그건 내게 일도 아니었다. 앞으로도 그런 작은 일에 연연하는 모습을 보인다면 용서치 않는다."

"며, 명심하겠습니다."

혈왕의 노기 어린 목소리에 지주가 더듬거리며 답했다. 백년이 넘는 시간을 따라왔지만 혈왕은 계속해서 공포의 대상이다.

혈왕이 입을 열었다.

"그래서 내게 할 말이 무엇이냐?"

"아, 지옥왕의 정체를 알아 왔습니다."

"호오."

혈왕의 얼굴에서 노기가 사라지며 화색이 돌았다.

염라의 수족인 지옥왕이라는 존재는 항시 눈엣가시와도 같았다. 명부에 묶여 있는 염라와 달리 그자는 자유로이 인간 세상을 돌아다니며 자신들의 계획을 파헤치고 있다.

그랬기에 혈왕은 항시 지옥왕을 제거하기를 원했었다.

"놈은 누구더냐."

"얼굴은 처음 보는 자였지만 이름을 알게 돼서 찾고 있으니 조만간 확실히 보고드릴 수 있을 것 같습니다."

"좋은 소식이로군. 그래, 놈의 이름이 무엇이냐?"

"적월이라 했습니다."

"적월?"

혈왕은 전해 들은 이름을 한 번 곱씹었다.

들어 본 적이 없는 이름이다.

하지만 그래도 상관없었다. 자신들의 정보망이라면 이름만으로도 상대를 찾기에 충분하다.

얼굴과 이름을 알고 있으니 그리 오랜 시간이 걸리지는 않을 게다.

혈왕은 자신의 손과 발을 조이고 있는 쇠사슬을 바라보았다.

이미 준비되었던 모든 것은 끝나 가고 있다. 인주는 혈왕이 원하는 것을 구하고 있고, 환주 또한 주어진 임무를 잘 수행하고 있다.

원하던 모든 것을 손에 넣는 그날, 피의 축제가 시작될 것이다.

누구도 상상하지 못할 정도의 어마어마한 축제가.

그리고 그 축제의 시작에 앞서 너무나 가지고 싶은 것이 있다.

혈왕이 부복하고 있는 지주를 내려다보며 소리쳤다.

"명한다!"

외마디 고함에 지주는 더더욱 고개를 숙였다.

그리고 그런 지주를 향해 혈왕이 잔인해 보이는 웃음을 지으며 입을 열었다.

"곧 있을 대업을 알리는 신호탄으로 적월이라는 그놈의 목을 가져오너라."

"명 받들겠습니다!"

지주가 힘 있게 답했다.

〈다음 권에 계속〉

ORIENTAL FANTASY STORY & ADVENTURE
서하 신무협 장편소설

『철기십조』

『독왕전기』의 스펙트럼을 이어갈 작가 서하의 신무협 장편소설!

『철기십조』

유곽 거리를 전전하며 스스로 생존한 뜨거운 남자 철견!
형만을 기다리며 모든 걸 포기하고 살아왔지만
오늘, 그 유일한 희망이 사라졌다.
이제 그가 가슴이 시키는 삶을 위해 두 주먹을 굳게 쥐리라!

ORIENTAL FANTASY STORY & ADVENTURE
진부동 신무협 장편소설

협객혼

『스키퍼』, 『철사자』, 『풍운강호』의 뒤를 잇는
작가 진부동이 선보이는 진정한 전통 무협!

『협객혼』

신분도, 지위도, 이름마저 버렸다. 물려받고 남이 준 모든 것을 버렸
믿는 것은 오직 하나, 바로 나 자신!
자유를 느끼기 위해 모든 것을 포기한 무인 장일청.
이제, 자유로운 그의 행보에 강호의 협객혼이 깨어나리라!